刺客 請け負います

陰聞き屋 十兵衛2

沖田正午

時代小説

二見時代小説文庫

目次

刺客 請け負います――陰聞き屋 十兵衛2

第一章　陰聞《かげき》き屋繁盛

一

樹で鳴く蟬が地べたに落ちてしまうほどの、うだる夏。

陰聞き屋なる者、他人《ひと》から相談を承《うけたまわ》るにあたり、剛健そうに見える見栄えが大事と、菅生《すがお》十兵衛《じゅうべえ》は頑《かたく》なに黒鞣革《なめしがわ》の袖なし羽織を脱ごうとはしない。

黒の小袖に黒のたっつけ袴を穿《は》き、黒の革羽織。全身が黒ずくめとあっては、端《はた》でも見るからに暑苦しい。

「――いいかげん、その羽織を脱いだらいかがですか」

誰かれとなく進言するも、頑《がん》として聞き入れない。

「いや、脱がぬ。江戸に来た早々、糧《かて》を得ようといっとき質屋に預けたことがあったが、どうも恰好に収まりがつかん。かの剣豪宮本武蔵《みやもとむさし》が、丸腰で町を歩くようなものだ」

独自の理屈を説いて、十兵衛は他人の意見を放りやる。

二十八歳になる十兵衛は上背五尺八寸と高く、がっしりとした体軀《たいく》である。総髪を細紐でもってうしろに束ね、刷毛先《はけさき》が鳥の巣のように広がっている。一見してその姿見は、およそ百年前に生きた柳生《やぎゅう》十兵衛を彷彿《ほうふつ》とさせる。戦国から、江戸の初期にかけてはよく見られた姿であるが、江戸に幕政が布《し》かれてから百年以上も経った昨今ではもの珍しい。黒ずくめで、当人は地味だと思うものの、むしろ江戸の町中ではよく目立つ。

「――拙者の祖父がその昔、柳生十兵衛と会ってその人柄に惚れ込み、男児が授かったら十兵衛と名づけようと決めたらしいのです。拙者もそれにあやかって、見栄えだけでも倣《なら》うようにしているのです」

と、菅生十兵衛はあるとき他人に語ったことがある。

十兵衛の実家である菅生家は代々、信濃《しなの》は松島《まつしま》藩水谷《みずたに》家に仕える藩士で、その役職は、陰御用役《かげごようやく》であった。陰御用役とは、松島藩独自の言葉で、藩主抱えの忍びのことである。『……であった』ということは、今はその任にあらずということだ。

遡《さかのぼ》ること一年半ほど前、ときの五代目藩主水谷重治《しげはる》の乱心と無嗣子《むしし》を理由に、仕えていた松島藩水谷家は改易《かいえき》となり、それと同時に十兵衛は浪士の身となった。

それからおよそ一年後の享保《きょうほう》十二年は三月初旬、菅生十兵衛が江戸に出てきたのは、水谷家の断絶と大いにかかわりがあった。

主君水谷重治を自裁《じさい》にまで追い込んだのは、飯森《いいもり》藩主皆川弾正《みながわだんじょう》と大諸《おおもろ》藩主仙石紀房《せんごくのりふさ》との花見の宴で起きた、いざこざが要因であった。

十兵衛の本懐は、陰御用役であったときの手下《てか》である忍びの者三人を率いて、皆川弾正と仙石紀房の首を奪い、主君水谷重治の恨みを晴らすことにあった。

十兵衛の手下三人とは——。

一人は、五十歳を前にした忍びで、名は五郎蔵《ごろぞう》という。このところ坐骨《ざこつ》神経痛を患い、多少くたびれてきてはいるが、まだまだ充分役に立つ。特技は錠前開け。どんな頑丈な錠前でも、金釘一本で開けることができるという。それと、料理の腕前であるか。忍びの非常食である蝮《まむし》の蒲焼とか、いもりの姿焼き、そして毒きのこの毒抜きすまし汁を作るのを得意としていた。三日三晩何も口にしなくても、耐えることができるのも、得意技といえるだろうか。

いま一人はくノ一である。くノ一といえば女の忍びのことだ。菜月《なつき》という名で、二十二歳になる娘であった。

菜月について十兵衛は、うしろ盾になってくれている両替商武蔵野屋《むさしのや》の主堀衛門《ほりえもん》にこう語っている。

「――菜月は忍びの名手でして、どんなところでももぐり込めます。それと、人の話している口の動きにより、会話が聞き取れる読唇《どくしん》の術を心得ている。それと、小太刀の遣い手だとも。それと、もう一つ得手《えて》があったのを十兵衛は失念している。平穏無事な今の世相にあって、ほとんど使わなくなった技に十字手裏剣の投擲《とうてき》があった。この技は、もう一人の手下、猫目《ねこめ》も会得している。二人が切磋琢磨《せっさたくま》して鍛えたものである。

菜月の姿見は、動きやすいようにと髪は短めにしてうしろを元結《もとゆい》で縛り、馬の尻尾のように垂らしている。肌の色が町娘よりちょっと黒めであるが、整った顔立ちが男を引きつけそれがくノ一としての武器にもなっている。

菜月の弟分である二十歳の猫目は、小柄であるが脚が飛びきり速い。いわゆる韋駄《いだ》天《てん》である。そのすばしっこさと身の軽さは、忍びの骨《こっ》頂《ちょう》である。それと、名が示すとおり、夜目が利く。天井裏や床下に潜んでは、研ぎ澄まされた耳で、かなりの小声まで聞き取ることができる能力をもっていた。たまに、天井の梁《はり》につけつまずいて怪しまれることがあるが、そこは得意な猫と鼠の声色《こわいろ》でもって難を逃れることができる。十字手裏剣は、菜月より幾分命中率に難があるも、繰り出す速さはかなりのものだ。

　十兵衛の腰には一本の大刀が差してある。摂津《せっつ》の刀工丹波守吉道《たんばのかみよしみち》の作で、茎《なかご》に銘が彫ってある業物《わざもの》であった。刃長《じんちょう》二尺三寸、反《そ》りは三分と控えてある。反りの少ない刀は、断ち切るにも、突き刺すにも適した造りであった。その銘刀のもの打ちには刃こぼれ一つなく、棟《むね》のほうには無数の傷がついている。相手の刃と交し合ってできた傷である。ゆえに十兵衛は、今まで人を斬ったことがない。刀の棟で相手を打ち据えるのが、十兵衛の流儀であった。十兵衛はそれを『無殺流棟剣』と自称している。

「――ただし、あの二人だけはなんとしても拙者の刀の錆《さび》としてくれん」

　あの二人とは言わずと知れた、飯森藩主皆川弾正と大諸藩主仙石紀房である。

　それと、もう一人仲間を忘れてはならない。

　松島藩との金銭貸借の取引きがあったよしみから、先に述べた両替商武蔵野屋の主堀衛門がうしろ盾になった。とくに、江戸での生活基盤を安定させるための力添えをしてくれている。

　十兵衛たちはたった四人と一人の介添えでもって、二人の大名を討ち果たすという。

二十四年前の元禄《げんろく》十五年に起きた赤穂《あこう》浪士の吉良《きら》邸討ち入りは、まだ人々の記憶に鮮明に残るところだ。

赤穂浪士は一年半以上もかけて、ようやくの思いで主君の恨みを晴らした。それも夜半の寝入りばなを出し抜けに討ち入り、四十七士が総出でもって首を奪ったのは、高家《こうけ》筆頭の吉良上野介義央《こうずけのすけよしなか》一人である。

幕閣は、一連の事件の処理に頭を痛め、二度と同様なことが起きないよう目を光らせている。とくに、水谷家の改易は赤穂藩浅野《あさの》家の断絶と同じような経緯を辿っているだけに、元松島藩士の動向には幕府も二藩も、神経を尖らせていた。

そんな最中での四人の大願は、意趣返しである。無謀ともいえる困難さを伴うなかで、いよいよ主君の仇討ちがはじまろうとしている。

皆川弾正と仙石紀房の動向に神経を傾けながらも、生活の糧《かて》は自らの力で得なければならない。そのための世を忍ぶ仕事、それが『陰聞き屋』である。

『――ここはひとつご内密に……』

相談ごとというのは、何かにつけて陰《いん》にこもる。そんなところから、陰聞きなる言葉ができた。他人には言えぬを悩みを聞き、頼まれれば解決まで導くのを十兵衛は仕事として選んだのであった。

『――何か、相談ごとがございませんか？』

などと、陰聞き屋はわざわざ外に出向いて仕事を探し歩くわけにはいかない。依頼がくるのをひたすら待ち、そんな情報を得てから動き出すのである。

いい歳をした四人が長屋の一間《ひとま》で、昼日中ゴロゴロと陰聞き屋の仕事を待っているというのも、世間体として見た目がよくない。

そんな理由《わけ》で、五郎蔵は下手物《げてもの》料理の腕前を杵柄《きねづか》にして、菜月と猫目を率いて源助《げんすけ》町《ちょう》に煮売り茶屋を開くことにした。

物件探しには堀衛門や酒問屋の介添えがあり、源助町のしもた屋を借りることができたのである。

源助町に煮売り茶屋の店を出すのには、深い理由があった。

皆川弾正の飯森藩上屋敷は、愛宕下《あたごした》の大名小路沿いにある。一方、仙石紀房の大諸藩は木挽町《こびきちょう》の汐留橋《しおどめばし》近くにあった。両家は直線で結んで、二十町と離れてはいない。

源助町はその中間にあたることで、両方に目を向けることができるのだ。しかし、そこは四人が住むには手狭である。せいぜい三人で住むのが限度で、十兵衛が茶屋に住むにはその身形《みなり》からして不自然である。すぐさま、怪しい奴らとすっぱ抜かれるのがおちである。二間《ふたま》ある一部屋を菜月が使い、五郎蔵と猫目で一部屋となり、十兵衛は別に借りての長屋住まいでいくこととなった。

十兵衛が住む、芝増上寺《ぞうじょうじ》門前神明町《しんめいちょう》と源助町の隔たりは、およそ四町ある。互いに密な連絡を取り合うのには、いささか離れ過ぎているということで、隣町の芝露月町《ろげつちょう》の裏長屋治兵衛店《じへえだな》に十兵衛は居を移すことにした。

これで、互いの隔たりはおよそ一町ほどとなった。離れすぎもせず、近づきすぎもせず、連絡を取り合うにはいい按配であろうか。

煮売り茶屋を出すにあたり、菜月の考えを聞き入れ屋号を『うまか膳《ぜん》』とした。

「うまか膳か。いい名だが、五郎蔵は本当に料理ができるのか？　まさか、蝮だとかいもりなんて、下手物を食わすのじゃあるまいな」

十兵衛が、戯言《ざれごと》半分に茶々を入れる。

「冗談は言わないでくださいよ、十兵衛さん」

以前はお頭《かしら》と呼んでいたものを、今では十兵衛を茶屋の客の立場として呼ぶ。外見には、この関係も近づきすぎず離れすぎずの、常連客というかかわりでいくことにした。

五郎蔵と菜月は父と娘、猫目は奉公人ということにする。猫目を五郎蔵の子にしなかったのは、あまりにも似ていないからだ。だいいち、大柄の五郎蔵に小柄の猫目である。他人から、そんなことを指摘されるのも煩《わずら》わしいと思ったからにあった。

そして準備万端が整い、煮売り茶屋開店まであと五日と迫った、享保十二年は水無《みな》月《づき》の七日。

十兵衛が商う陰聞き屋に、久しぶりの仕事があった。

二

その日の朝、銀座町の両替商武蔵野屋の主堀衛門からの使いで、箕吉《みのきち》という十五歳になる小僧が訪ねてきた。

「旦那様が、お仕事の依頼があるということで、すぐにお越しくださいとのことです」

「そうか。久しぶりなんで、腕が鳴るな」

まだ、仕事の内容は聞いていない。それでも十兵衛は、片腕をめくって見せた。

十兵衛が陰聞き屋となったのは、そもそも堀衛門の口添えがあったからだ。その際に、堀衛門が語ったことである。

「――他人《ひと》には言えない悩みや、よろず相談事を聞いてあげる仕事です。悩みや相談事というのは、独《ひと》りで抱えていることが多い。誰にも打ち明けられず、悶々《もんもん》とした日々を送り独り気を揉んでいる。それを聞いてさしあげ、あわよくば解決まで導いてあげる。陰でもって相談に乗ってあげるのが、陰聞き屋ってやつです」

さらに言う。

「借金や病気苦、そして家庭内のいざこざ。男女の恋の悩みから、婚姻相談。武家の家督相続などなど……小さな悩みから大きな悩みまで、仕事にはことかきませんぞ」

堀衛門のそんな言葉で、十兵衛も俄然やる気が湧いてきたのであった。

「ですが、看板を掲げても客は来ないのでは？」

十兵衛の問いに、堀衛門はこう答えた。

「看板など、掲げることはありませんよ。だいいち、それでは陰聞き屋ではなくなる。十兵衛さんも陰となって、依頼人を助けるのが仕事ですからな、表立ってはならない」

「ならば、どうして仕事を取ります？」

「それは、手前に任せてください。両替商というのは、いろいろな悩みをもつ人の目を見ているものです。だが、当方は他人さまの懐まで立ち入ることはできない。十兵衛さんにその情報を流しますから、その人のために、役に立っていただきたいと。それで糊口《ここう》を凌ぎながら、大願の成就を果たす。どうです、こんな目論見《もくろみ》でいっては……」

十兵衛は、そのときの堀衛門の会話をきのうのことのように思い出していた。

「どうかなさいましたか？」

ぼんやりとする十兵衛に、箕吉が首を傾げて話しかけた。

「いや、なんでもない。外は、暑そうだな」

「はい。雨季が過ぎまして、朝からうだるような暑さです」

「そうか、ならば行こうか」

と言って、十兵衛は鞣《なめし》革の袖なし羽織を黒の小袖の上にまとった。

「その羽織も着ていくのですか？」

しかめっ面をして、箕吉が言う。

「着ていってはまずいのか？」

「まずいというわけではございませんが、少々暑く……」

「何を言っておる。これを羽織らんと、恰好がつかんだろうが。それとだ、こんな夏の暑さなんぞ、どうってこともない。昔の戦《いくさ》を見ろ」

「戦を見ろと言われましても、手前はまだ生まれていなかったもので」

「屁理屈を申すな。それは、拙者だって同じこと。昔の戦では、暑かろうとなんだろうと、兜《かぶと》や鎧《よろい》をまとい身を守っていたのだ。それはそれは、暑かっただろうな」

太平の世では、想像もつかない兵のいでたちを十兵衛は喩《たと》えて言った。

「それを思えば、こんな鞣革の羽織など裸同然だ」

「まあ、それでよろしいですから、早いところ行きましょう。旦那さまとお客様がお待ちでございますから」

じっとしていても、汗ばむ季節である。十兵衛は、外に出るとなるべく日陰を歩くことにした。

「蟬《せみ》の声がうるさいの」

歩きながら十兵衛が、蟬の鳴き声がするほうに目を転じたそのときであった。

欅《けやき》に止まっていた鳴いていた蟬が、あまりの暑さからか、ポタリと地面に落ちるのが見えた。

十兵衛は母家《おもや》にある堀衛門の部屋に、箕吉によって案内された。

「おお、暑い中ご苦労でしたな」

まずは、堀衛門の挨拶があった。堀衛門と向かい合って、四十歳にもなろう商家の内儀風の女が座っている。

「こちらは、今しがた話していた十兵衛様。お杵《きね》さんの相談はこのお方に聞いていただいたらよろしい。頼りになりますぞ」

さっそく十兵衛をもち上げる。

「菅生十兵衛と申しまする。よしなに」

お杵と呼ばれた女は、十兵衛の全身黒の装束を見ると暑苦しさからか、一瞬顔をそむけたがすぐに元へと戻した。

「わたくし……」

とまで言って、女は口を閉じる。その先が言いづらそうで堀衛門のほうに顔を向けた。

「そうだ、手前は席を外《はず》しましょう。それではお杵さん、この十兵衛先生と直《じか》に相談してくださいな」

依頼人の前で、堀衛門は初めて十兵衛のことを先生と呼んだ。そのほうが威厳があるからだろうか。

堀衛門が気を利かし、出ていってからもお杵はもじもじとしている。

「どのような、ご相談ごとでしょう？」

黙っていても、いたずらにときが過ぎるだけである。ここは、十兵衛のほうから問うた。

「実は、夫に女がいるみたいでして……」

「浮気ってことですか？」

「はあ、まあ……」

返事をするものの、お杵の口調はこもっている。

「まあ、世間ではよくあることですな」

十兵衛は、しかつめらしい口調で言う。

「それで、手前どもにどうしろと？　そうだ、相談事を聞く前に、当方の料金体系をお話ししておかねばなりません」

「料金体系……ですか？」

不思議な面持《おもも》ちで、お杵は問う。

「左様です。そうでないと、あとから銭金のことで揉めますからな。何せ、品物を売るみたいに、値段というものがない」

「はあ……」

「そんなことで、松竹梅とありまして……」

「松竹梅ですか？」

悩み相談で、松竹梅の料金設定なんて聞いたこともない。お杵はさらに不安の面持ちとなった。

「値段がつけられないだけに、最初から料金が分かっていれば依頼もしやすいでしょう。まずは、ご予算から決めてくださいってことです」

「なるほど。むしろ、お頼みしやすうございますねえ」

おほほと笑って、お杵は得心《とくしん》をしたようだ。

「左様。まずは安い梅から申しますと……」

ただ、黙って悩みを聞いてあげ、慰めてあげるだけであると、十兵衛は説いた。

「梅ですと、四半刻ごとに二朱《しゅ》といったところでしょうな。手前も、こんな暑い中動くのでありますから」

決めた価格に、いちいち言いわけを添えるところは、遠慮が先に立っているからだ。

もっとも、十兵衛が商売には慣れていないのも無理はない。着姿からしても、商人とはほど遠い形《なり》だ。

「分かりました。わたくしがお願いしたいのは、梅でないのはたしかですが、その上の竹とおっしゃいますのは？」

「竹ですか。竹とならば、その対処法を授けてさしあげるってところです。これは、先ほど申しました梅の料金に、伝授料を加算させていただきます。それにご納得いただければ、二分《ぶ》いただくことになります。よき案を授けますのでな、これはお買い得……いや、品物ではありませんのでお買い得はないですか。まあ一口に言えば、お安いでありますぞ。梅の相談料は、その中に含まれておりますからな」

そうに言えば、格安に聞こえるだろうと十兵衛の言葉に熱がこもる。

安いとはいっても一両の半分の二分である。一両あれば、町人一家が一月《ひとつき》は暮らしていける額である。端《はた》から見れば、安いとは言いきれない。

十兵衛は、このとき相手の形《なり》を見ていた。人の見栄えによって、額に変化をもたせている。一介の職人では、おいそれと二分は出せない。相手の顔色と押し出しをうかがいながらの料金体系であった。

「それで、松とおっしゃいますのは？」

「松ですか。それはもう、当方が動いて解決まで導くというものです。ですが、これはかなり難易が伴いますので、お見積《みつ》もりをさせていただいております」

「お見積もりでありますか？」

「そうです。どのぐらいときがかかり、身の上の危険度はどれほどか。はたまた、場合によっては旅に出んといかぬこともあります。そのような場合は、追加料金となりますが……」

「でしたら、主人の浮気相手の家を探《さぐ》っていただくだけでよろしいのですが」

「それでしたら、たいしたことはありません。あくまでもよしんばですが、上方《かみがた》にそのお相手がいて、それをたしかめに行ってくるというのでしたら、それなりの路銀と旅の日当が必要となってまいります」

「いえ、江戸の市中にいるものと……」

「まあ、そうでございましょうな。ですが、予《あらかじ》め言っておきませんとあとから追加のご請求をさせていただいても、拒まれることがままございますから」

あくまでも、慎重な十兵衛であった。まだ、一度も起きたことがないことを引き合いに出して言う。

「どこにいるかは分かりませんが、江戸のどこかにいるはずです。捜すのに、わたしらでは到底《とうてい》手に負えませんので、松でお願いいたします。お捜しいただいたら、その先の解決はけっこうです」

「けっこうといいますのは、解決するまでいけと？」

「いえ、捜すだけでよろしいという意味です。その先は、わたくしのほうでなんとかします」

「そうなりますと、松の中でも一番安い基本料金でいけますな。松ですと、一両ということになります」

「一両ですか……」

十兵衛のもの言いだと、幾ら取られるか分からないといった不安がお杵の表情にあった。それが、一両と値を定められてほっと安堵の表情に変わる。

「それでは、お願いできるでしょうか？」

「ええ、むろん。ご主人の、浮気相手の居どころをつき止めるだけでよろしいのですね？」

十兵衛が念を押して訊く。

「はい、それでけっこう……いえ、よろしいです」

「けっこうというのは、どっちつかずの言葉でありますな……」

やってけっこう、やらなくてもけっこうと、聞きようによってはどっちにも取れる。押し売りに購買を迫られ『うちは、けっこうです』との断りを逆手に取られることがある。『けっこうならば、買ってもらえるってことだな』と、無理強《じ》いをされるので気をつけたほうがよいと、十兵衛は余談を言って注意を促した。

お杵から一両を受け取り、商談は成立した。

それからは、お杵の素性を聞き出し、旦那の動向を細かく探る。

「どうも五日に一度、通っているらしいのです。以前、小僧にあとをつけさせたところうまく撒《ま》かれ、駄目でした。それならば本職の人に頼もうと、堀衛門さんに話したところ……」

「拙者のほうに、話がきたってことですな」

「それで、一つお願いが。このことは、絶対他人には……」

お杵の頼みは、口止めであった。

「ええ、もちろんです。ですが、当方は仲間を動かしますので、それはご承知おきを。もっとも、うちの顔ぶれたちも口が固いですから、どうぞご安心を」

「それでは、よろしくお頼みいたします」

お杵は、畳に両手をついて十兵衛に依頼を出すと、堀衛門の部屋を辞していった。

入れ替わるように、堀衛門が部屋へと入ってくる。

「お杵さんのお頼みを、引き受けていただけましたか？」

「ええ。それで……」

「いや、その先はおっしゃらんでよろしい。請け負った額も、いちいち言わんでもよろしいですからな。他人には喋らないのが、陰聞き屋の本領でもありましょう。ただ、こちらからお願いしたいのは、なるべく粗相のなきようにということです。十兵衛さんを紹介した手前、こちらの信用にかかわってきますからな」

堀衛門の面目を潰さないというのが、十兵衛にとって一番の重圧である。そんなことを肝《きも》に銘じながら、十兵衛は新規の依頼に取りかかるのであった。

三

十兵衛は、武蔵野屋からの帰りの足を、まだ開店準備中の『うまか膳』に向けた。まだ看板も出ていない店の遣戸《やりど》を開けて、十兵衛は店の中へと入った。十坪ほどの小さな店である。そこに四人掛けの卓が三脚据えてあり、六畳の入れ込み座敷には、座卓が二脚あった。

――そんなに客が入るのか？

十兵衛の目には、大きな店に見える。

「おっ、一所懸命やっておるな」

手拭《てぬぐ》いを姉さんかぶりにして箒《ほうき》をもつ菜月に、十兵衛は声をかけた。

「あっ、十兵衛さん……」

土間を掃く手を止めて、菜月が振り向く。

「その恰好なら忍びよりか、いい嫁さんになりそうだな」

「からかわないでくださいな」

十兵衛の軽口に、菜月は頰を膨らませる。

「五郎蔵はどうした？」

「今、用足しで外に出てます」

ここに来た用事は、五郎蔵でも菜月でもなく、猫目にあった。

「ところで、猫目はいるか？」

「裏の井戸《いど》で、茶碗を洗ってます。呼んできましょうか？」

「いやいい、おれが行く。菜月は店をきれいにしていろ」

「陰聞きのお仕事ですか？」

「ああ、そうだ。松の仕事を引き受けた」

「まあ、松ですか」

松といえば高額の身入りが期待できると、菜月は好奇の含む目を向けた。

「松とはいってもな、簡単な仕事だ。これは猫目に任せようかと思っている」

「どんな……？」

「旦那の浮気相手の、居場所を捜すってだけのものだ。その先は、自分たちで解決するそうだ。どうやら、予算がなさそうなのでな」

「そうですか。猫目には、もってこいのようですね」

「ああ、そうだろ。それじゃ、またあとでな」

と言って、十兵衛は厨《くりや》を通り抜けて、外へと出ようと障子戸を開けた。すると、井戸端に腰をおろし、猫目が裏長屋のかみさん連中を相手にしながら茶碗を洗っている。

――やはり、おれが出ていくのはまずいな。

十兵衛は、外に出るのをやめた。十兵衛の形《なり》を見て、かみさん連中が訝《いぶか》しがるに違いない。うまか膳の三人たちと、どんなかかわりがあるのかと、下手《へた》な邪念をもたれるとの気が回る。単なる友人だと、この場で説くのも煩わしい。開店してからならば、馴染み客ということで大手を振れるが。

十兵衛は障子戸を閉めて、店へと戻った。

「やっぱり菜月が呼んできてくれないか。井戸端でかみさん連中と話をしてるので、どうも声がかけづらい。今はまだ、かかわりを伏せておきたいのでな」

「分かりました」

十兵衛の気遣いに、菜月は大きくうなずくと裏に回った。そして、すぐに猫目と共に戻ってくる。

「何か、ご用事で……？」

猫目が、十兵衛と顔を合わす早々に訊いた。単なる挨拶だけで呼ぶことはない、仕事のことだと、猫目は勘を働かす。


小柄ではあるが、なかなかの男前である。

「ずいぶん、かみさん連中と仲がいいな」

「見てらしたんですかい？」

「ああ。だが、声をかけずに引っ込んだ。おれの姿を……」

「左様ですねえ。こんな暑いのにその形《なり》を、知らない他人に見せたくはないでしょう」

「そうではなくて、猫目。十兵衛さんは……」

まだ、かかわりを見せたくないのだと、菜月が説いた。

「そうでしたか。それは、すいませんでした」

十兵衛の心根が分かり、猫目は頭を下げた。

「まあ、それはいいのだが猫目、そこに座れ。仕事の話だ」

仕事の話だと聞いても、姉さんかぶりをした菜月は土間を掃いている。

「菜月姉さんは？」

「菜月は今回はいい。猫目だけに頼みたいのだ。松の仕事だが、できるか？」

「はあ、まあ……」

できるかと、のっけに言われても戸惑うばかりである。猫目の口から曖昧《あいまい》な答が返った。

「それでは、これから詳しく話すとするが……」

お杵という女から聞いた話を、そのまま猫目に告げる。

「芝口橋《しばぐちばし》を渡って、三町ほど行ったところが尾張町《おわりちょう》だ。その二丁目ってところに『越三屋《こしみつや》』という呉服屋がある。そこの主人で佐久左衛門《さくざえもん》というのが、どうやらよからぬ女に手を出したそうだ。その女の居どころを探ってくれというのが、このたびの依頼だ」

「なんだ、それだけのことですか。容易《たやす》い仕事のようで……」

「だろう？　でも、くれぐれも粗相のないようにな」

粗相と言ったとき、十兵衛はふと堀衛門の皺《しわ》顔を思い出した。面目を潰さぬようにと、猫目には念を押す。

「しくじりは、許されんからな」

「任せておいて、ください」

猫目は、どんと音を立てて胸を叩いた。

「よし、その意気込みだ。それでは、さっそく動いてくれ。五郎蔵にはおれから言っておく」

「へい、行ってきます」

十兵衛に命ぜられ、猫目はうまか膳の茶碗洗いの仕事を中途にして出ていった。茶碗洗いの、あとは菜月が引き継ぐ。

五郎蔵と菜月、そして猫目の本業は十兵衛の手下である。うまか膳はあくまでも二の次三の次で、世を忍ぶ仮のまた仮の姿であった。

猫目が出ていってから、四半刻ほどして用足しに出ていた五郎蔵が戻ってきた。

「お頭……いや、十兵衛さん来てらしたのですか」

五郎蔵の頭の中は、昔のことが抜けきらない。どうしても、長年の口癖が端々《はしばし》に出てしまう。お頭という言葉は、他人の前では絶対に禁句である。

「お頭だけは、やめろよ」

そのたびに、十兵衛からたしなめられる。

「どうも、すいません」

「まあいいから、気をつけてくれ。ところで、五郎蔵を待ってたのだ。陰聞き屋の仕事が入ったのでな」

「ほう、儲かりそうですかい？」

「いや、たいしたことはない。松の仕事なんだが簡単なもので、基本代金の一両ってところだ。追加は見込めそうもないな」

陰聞き屋を開業するにあたり、当初は世のため人のためと考えていた十兵衛も、このごろでは金のありがたみを知ったせいか、割り切った考え方をしている。

「それで、猫目独りでとっかかってもらっている。女一人の居どころを探るだけの仕事だからな」

「そうでしたかい。ところで今、あっし……いや手前は金杉《かなすぎ》の松竹屋《まつたけや》さんに行ってきたんですがね……」

松竹屋とは、芝金杉にある大手の酒問屋である。芝の浜に吐き出す赤羽川《あかばねがわ》に架かる、金杉橋を渡ってすぐのところにあった。

陰聞き屋の初仕事が、松竹屋の乗っ取りを企む悪人の手から窮地を救ったことにあった。その縁で、うまか膳の開業にあたり手を貸してくれたのが、松竹屋であった。源助町のこの物件も、酒問屋という商売柄すぐに見つけ出すことができたのである。むろん、酒も松竹屋から格安で仕入れることに話がついていた。

この日五郎蔵は、松竹屋に行って酒の銘柄を決めて来たのであった。利き酒をしてきたせいか、少し酔いが回っているようだ。

「銘柄を決めるんで、ちょっと呑んじまって。夏の昼酒ってのは効きますなあ」

「うらやましいな、五郎蔵……」

ねたましい心持ちとなって、十兵衛の口をついた。

「すいませんね、手前ばかりが楽しんじまって。いや、そうじゃないんで、話ってのは……」

「松竹屋さんで、何かあったのかい？」

にわかに十兵衛の額に、一本の縦皺ができた。

「いや、旦那さんが十兵衛さんと話がしたいと。笑って言ってましたので、たいしたことはないと思いますが」

「左様か。それで、いつ来いと言ってた？」

「それについちゃ、いつでもいいと。ただ、なるべく早く願いたいとも……」

「猫目にあっちの話は任せたから、昼めしでも食ってから行ってくるとするか」

そのときちょうど、正午の九ツを報せる鐘が芝増上寺のほうから聞こえてきた。

「何か作れるかい？」

昼めしを、菜月と共に三人で摂《と》ろうと十兵衛が言った。

「夏場はものの痛みが早いんで、とりわけ塩辛い鮭を仕入れてあります」

「まだ、五日もあるってのに今から置いといて、だいじょうぶなのか？　それにしても、このくそ暑い中よく食いもの屋なんて出す気がするな」

「それなりに、保存できるようにしてますから。夏だからといって、食いもの屋が休むところもないでしょうしね」

そういえばそうだと、十兵衛も得心をする。

飛びきり塩辛い鮭を御菜に、十兵衛は三杯おかわりして満腹となった。

「これだけしょっぱければ、夏でも食欲が湧くな」

「そうでやしょう。めしのほうも進みますしねえ。夏の間は塩辛鮭と梅干御膳、それと塩昆布御膳の、三本柱でいきたいと思ってます」

「いかの塩辛を作って、酒の肴《さかな》に出そうかと……」

菜月が、五郎蔵の語りに口を挟んだ。

「塩辛いものばかりだな、血の圧が上がりそうだ。まあ、蝮やいもりを食わせられるより、はるかにましか」

なんとなく、うまか膳が繁盛する気がする十兵衛であった。

本懐《ほんかい》と陰聞き屋の仕事を思えば忙しくなる。あまり繁盛してもらいたくないというのが、十兵衛の偽らざる気持ちであった。

四

昼めしを食すと、十兵衛はさっそく腰を上げる。

遠くは京都、大坂に至る東海道に通じる目抜き通りを、十兵衛は南に足を向けた。

源助町から金杉橋までは、およそ十町ある。

お天道様《てんとさま》が、ほぼ真上にありジリジリと音を立てて、下界を照らす。

「……昔の戦の兵を思えばこんな暑さなど、どうでもあらん」

鎧と比べたら、鞣革の羽織など屁みたいなものだとやせ我慢が口をつく。

金杉橋を渡り、半町ほど歩くと松竹屋の看板が見えてきた。

店先には、酒問屋であることを一目で示す四斗樽《しとだる》が置いてある。樽には髭《ひげ》文字で『灘《なだ》の清酒松竹』と、銘柄が記されている。ほのかな酒の香りが店先に漂い、十兵衛はゴクリと生唾を呑んだ。

軒下から日除け暖簾《のれん》が垂れている。十兵衛が、暖簾を潜ろうとしたとき、中からも顔見知りの小僧が二人出てきて、危うく鉢合わせをするところであった。

「あっ、お武家さん……」

与吉《よきち》と三太《さんた》という、十五歳になる小僧二人であった。

「おう、久しぶりだな」

松竹屋が、乗っ取りの窮地に陥ったときに、十兵衛がいろいろと聞き込んだ小僧たちである。

「あのときは、世話になったな」

「こちらこそ、お世話になりました」

店の躾《しつけ》が行き届いているのか、二人の礼儀はなっていると十兵衛は好感を抱いていた。

「旦那様は、今いるかい？」

「はい、ご在宅でございます」

与吉が答えるも、ここまで馬鹿丁寧だとかわいげがなくなる。

「それでは、十兵衛が来たと告げてきてくれぬか？」

「はい、かしこまりました」

と、与吉は十兵衛に返し、そして顔を三太に向けて言う。

「おれが荷を積んどくから、おめえちょっと行ってきてくれ」

「ああ、分かった」

仲間内だと言葉も砕《くだ》けるようだ。十兵衛はそれを聞いて、ふっと顔に笑みを浮かばせた。

「これから配達か？」

三太が中に引っ込んでいる間に、十兵衛は与吉に話しかけた。

「はい。これから荷を積んで、配達に行くところです。源助町のうまか膳って煮売り茶屋へ。この暑いのに、遠くてやんなっちゃう」

十兵衛と五郎蔵のかかわりを、与吉たちは知らない。ふいに与吉の口から愚痴がついて出た。

「それはすまぬな」

つい口を滑らせ、十兵衛が謝ってしまう。

「なぜにお武家さんが謝るんです?」

「いや、その……忙しいところ、引き止めてすまぬなと謝ったのだ」

「いえ、とんでもありません」

そんなやり取りのところに、三太が戻ってきた。手代が一人ついてきている。

「旦那様がお待ちでございます。どうぞ、こちらへ」

十兵衛を案内するのは、手代であった。

「おい、与吉と三太。ぐずぐずしてないで、早いところ配達に行ってきな」

片方で十兵衛を案内し、片方で小僧たちを叱りつける。手代から叱られた小僧たちに「すまぬ」と十兵衛は心で詫びた。


手代によって主の居間に通されると、六十歳を幾らか越えたあたりの老体が、赤い座蒲団を敷いて座っている。

「十兵衛さん、暑い中すまなかったな。先ほど五郎蔵さんに伝言を託したのだが、さっそく駆けつけてくれたってわけか」

前の事件のあと、堀衛門を介して顔見知りになった。源助町に店を出せたのも、この八郎次郎左衛門《はちろうじろうざえもん》の力添えがあったからだ。

「なるべく早くと、聞いたものですから」

「左様でしたな。それにしても、今年の夏は暑い。十兵衛さんは、その形《なり》で暑くはないのですかな？」

「はい。昔の兵を思えば……」

たいしたことはないと、言葉を添える。

風通しをよくしようと、開けた障子の先には、庭が見渡せる。植木は丹精に刈り込まれ、手入れがゆき届いている。葦簀《よしず》を背にした棚の上には、朝顔の行灯《あんどん》仕立ての鉢植えが三鉢ほど、支柱に青いつるを絡ませているのが見えた。

「八郎次郎……痛っ。旦那様は朝顔がお好きで？」

十兵衛は、長たらしい名を言おうとして舌を嚙んでしまい、呼び方を変えた。

主の名は、八郎次郎左衛門という。祖先が昔上方《かみがた》から江戸に下ってきた松竹屋五代目の当主で、代々の名跡《みょうせき》であった。

「ええ。朝はきれいな花を咲かせるのだが、昼になると萎《しぼ》んでしまうのが朝顔の難点ですな。もっとも、それで朝顔というのでしょうが」

そんな世間話をしてから、八郎次郎左衛門の話は本題に入る。

「折り入って、十兵衛さんに相談がありましてな……」

と、八郎次郎左衛門が言ったところであった。

「失礼します」

庭とは反対側の、閉まった襖《ふすま》の向こうから年のいった女の声が聞こえてきた。本題に入る機をうかがっていたような、間《ま》のよさであった。

「いいから、入ってきなさい」

八郎次郎左衛門が言うと同時に、襖がさっと開いた。盆に湯呑を二つ載せ、四十年《とし》増《ま》が入ってくる。

「いらっしゃいませ」

と、両手を畳について十兵衛と向かい合う。

「お内儀さん……ですか？」

十兵衛とお春《はる》は、このときが初対面であった。お春の名は知らないことになっている。

いつぞや与吉が『……奥様と間違えます』と言ったのを思い出しながら、十兵衛はお春の顔をまじまじと見た。

「いえ、ここの娘で春と申します。よしなに……」

振袖を着ているところは、かろうじてお嬢さんに見える。

お春は四十五歳になって婿《むこ》を取ったが、その婿が身代《しんだい》の乗っ取りに絡んでいたのであった。そのとき十兵衛は婿を体《てい》よく追い出し、松竹屋の窮地を未然に救ったのである。そんなことがあったのを、この父娘は今でも知らずにいる。むろん十兵衛も堀衛門も、そのことだけは八郎次郎左衛門には黙っていた。

「十兵衛さんだけに言うが、恥ずかしながらこのお春は先だって婿に逃げられましてな……」

その経緯を十兵衛は知らないことになっている。

「左様でございましたか。それは、なぜにで……？」

知らぬ振りでの、十兵衛の問いであった。

「どうやら財産目当てのならず者だったみたいでして、改心したのか自分のほうから出ていきました。店の者たちには、かなだらけの置手紙を見せ、納得させてます」

「二十五歳と、若かったのに残念でしたわ」

お春のほうには、若干《じゃっかん》未練が残るようだ。

「二十も齢に差があってはな。男が年上なら問題ないが、逆にお春が年上ときてちゃなあ。もっとまともな……」

と言ったところで、八郎次郎左衛門の口が閉じた。そして、一呼吸置いてから口にする。

「十兵衛さんに、相談と申しますのはな……この、お春の婿を探してくれないかと思いまして」

「えっ？」

十兵衛の、思ってもいなかった相談ごとであった。誰にも言えない悩みを聞いて、必要とあらば解決まで請け負うのが陰聞き屋である。だが、まさかここで、婚姻の相談を受けるとは思わなかった。

「武蔵野屋の堀衛門さんから聞きましたが、十兵衛さんは他人の相談を聞き入れる、陰聞き屋というご商売をされているようで……」

「ご商売というほどのものでは」

「それを見込んでの頼みであります。家内に先立たれ、身内は手前とこのお春だけ。わたしも老い先が短く、あとが気になって仕方ありません。先だって、若い婿がきたときはそれは喜んだものです。ですが、その婿は……さっきお話ししましたな。そんなことで、一度しくじったお春にまともな口では婿は来てくれません。奉公人の中からどうかと思いましたが、番頭すらも三十五歳の所帯持ち。あとはみな三十前後と若く、四十五になるお春には目も向けません。みな、財産目当てと思われるのをいやがっているようでして」

長い台詞《せりふ》に疲れたか、八郎次郎左衛門は言葉を置いて茶を一口啜る。そして再び語りはじめた。

「そんなお春に、まともな仲人《なこうど》なんかつきはしません。どうしようかと考えあぐねていた矢先、十兵衛さんのことをお聞きしてお願いしようかと。もっともこれは堀衛門さんの口添えもありまして」

考えようによっては、これは立派な悩み相談である。

「婿さん探しですか……」

と言って、十兵衛はお春の顔をまたしてもまじまじと見た。

——ものすごく難儀な仕事だ。

思うものの、むろん口には出さない。

「誰でもよいというわけにはいかんでしょうしなあ」

十兵衛は、腕を組んで考える。

「……そうだ」

仕事を引き受ける前に、言っておくことがあったのを思い出した。

「ことにあたっては、料金の仕組みがございまして……」

「料金の仕組みとは？」

「はい、松竹梅と段階がございまして……」

先刻、越三屋のお杵に話したことと同じ仕組みを説く。

「なるほど。そう取り決めをしておけば、頼むほうも頼まれるほうもあと腐れなく割り切れますな。かえって良心的でよろしい」

料金の仕組みは、得てして好評のようだ。心配ごとの上に、幾ら金がかかるか分からぬとあっては、不安も倍増しよう。

「それでは、うちは松でいきますかな。一両の基本代金に、ことが成就しましたら五両上乗せいたしましょう」

娘のためと、八郎次郎左衛門は羽振りのよさを見せた。

「それだけいただければ、充分でございます」

都合六両の報酬をもって、十兵衛は四十五歳になる娘の婿探しを引き受けることになった。

引き受けるにあたり、幾つか聞いておくことがあった。

「お春さんは、どんな男の方がお好みで？」

好みなど訊いてる場合ではないと思うものの、六両とあらば多分に辞令がこもる。

「この齢になって、好みなんてございません。ですが、しいて言えば若干年下のほうが……」

「お春、無理を言うのではない」

「左様ですわね、お父様。年下は無理だとしても、商いに長《た》けている方。身代を預けるのですものねえ、先だっての男みたいなのでは駄目」

「あまり難儀を言うな。十兵衛さんが困っておるだろ」

父と娘の掛け合いを、十兵衛は黙って見やっている。

「分かりました。でも、もう一つ。お顔のほうはどうでもよいですけど、頭がよくて誠実で優しく真面目な方。博奕《ばくち》はやらず、煙草はたしなまず、女とは無縁で酒は……うちは酒問屋ですからお酒は許します」

お春の話を聞いているうちに、十兵衛は成就したときの報酬をさらに吊り上げようかと思っていた。

「まあ、お春が言ったほどの男はいないとして、十兵衛さんよろしく頼めるかな？」

「分かりました。できるだけ早く探してまいりましょう」

八郎次郎左衛門の言葉に、幾分ほっとした感慨を抱いて十兵衛は承諾をする。それでも、お春の言った男の条件がいつまでも頭の中にこびりつく十兵衛であった。

五

一日のうちに、二つの相談ごとが寄せられた。

「……うまく成し遂げれば、七両か。悪い商売ではないな」

歩きながら、十兵衛の口から呟きが漏れる。おのずと顔もにんまりとする。

半刻ほど八郎次郎左衛門とお春の話を聞いて、十兵衛は源助町のうまか膳に戻る道であった。

七枚の小判が脳裏に浮かびにんまりとしたものの、すぐにその顔は渋みをもった。七枚の小判の中に、お春の顔が同時に浮かんだからだ。醜女《しこめ》ではないものの、なんせ齢が齢である。そこに、お春のつけた男の条件。

「この世の中に、そんな男なんかいるものか」

憤りが大きな声となって出た。その声を、聞いた者がいた。この日大八車を牽《ひ》くのは与吉であった。三太は、うしろで押すほうに回っている。

浜松町の二丁目の辻あたりで、うまか膳に酒の配達に行った帰りの与吉と三太に、再び遭遇する。

「お武家様、往来でそんな大きな声を出してどうなさいました？」

大八車を止めて、与吉が十兵衛に声をかけた。

「おう、今帰りか？」

「はい、三軒ほど寄ってきましたので。ところで、今しがた男がいるとかいないとか口にしてましたが？」

「なんだ、聞こえてたのか？」

「はい。大きな独り言でありましたので。なあ、三太も聞こえてただろ？」

「ああ……」

どちらかといえば、与吉のほうが口は達者である。十兵衛との応対は、もっぱら与吉のほうであった。

「おまえらちょっと暇があるか？」

この与吉という小僧は、意外と機転の利く子である。十兵衛は、与吉に訊きたいことがあって呼び止めた。

「暇なんてものは、お店に奉公したときからまったくありません。ですが、ちょっとだけなら」

与吉も三太も暑い中、大八車を牽いて歩いてきた。少し休みたいところである。

「ならば、あそこの日陰に入るとするか」

道端に大きな欅が植わっている。その木陰なら、幾分は涼しそうだ。茶屋に入って、熱い甘酒でも振る舞おうと思ったが、それほどの暇はなかろうと木陰での立ち話で勘弁してもらうことにした。

大八車ごと道端に寄せて、三人は木陰に入った。

「ああ、涼しい」

小僧二人が、額の汗を袖で拭う。

「甘酒をご馳走しようかと思ったが、そこまでの暇はなかろう」

「ええ、まあ……」

残念そうな声が、三太の口から漏れた。

「ところで、さっきお前たちは源助町のうまか膳に酒を卸しに行ったと言ってたが、どれほどの間で……いや、幾日ごとに配達をするのだ？」

「いえ、まだ店が開いてないので分かりませんが、おそらくあのぐらいの広さの煮売り茶屋ですと、お客さんが入って五日に一度。入らなければ、半月に一度といったところでしょうか」

与吉が、つっかえることもなくすらすらと答える。やはり目端《めはし》の利く小僧だと、十兵衛は肚《はら》の中でほくそ笑んだ。

「実はな、わしはあの店の主とは同郷で仲がよいのだ。なので、ちょくちょくとあの店に通うつもりだ。それで、今度うまか膳に来るときまで、与吉と三太に頼みたいことがあるのだ」

五郎蔵たちとの、細かなかかわりには触れずにおいた。

頼みは与吉だけでよかったのだが、三太の名も入れておかないと僻《ひが》むと思い、十兵衛は気を遣った。

「なんでございましょう、頼みってのは？」

「まずは、絶対に内緒であることを約束してくれ」

と言って、十兵衛は財布の中から一朱銀を二個取り出すと、それぞれの手に握らせた。

「それは、小遣いだ。甘酒でも飲んでくれ」

いきなりつかまされた小遣いに、小僧二人は戸惑いの顔を見せる。だが、返そうとはせず、黙って袂《たもと》の中に収めた。

「よし、それでいい。これから言うことの約束は、守ってくれよ」

小さくうなずくものの、二人の顔には不安が宿っている。その不安顔に、十兵衛は念を押した。

「おまえらに頼みたいのは、酒を納める居酒屋や料理屋の客に、これから言うような男がいたら報せてほしい」

「ですが、手前どもはお客さんの顔は見たことがありません」

「だから、そこの主とか女将《おかみ》とかにそれとなく訊いてもらえればいい。ああ、あくまでもそれとなくだ」

十兵衛は、お春の婿を自分の足で探すのではなく、小僧二人に托すつもりであった。

「それとなくですね?」

「ああ、そうだ。目立って訊いてはならん。そこが難しいところだろうがな」

「そんなことなら、お安いご用です。他人様《ひとさま》から頼まれたと言って訊けばよいことですから。現に、そうでありましょう?」

与吉の言うことは、理に適《かな》っていると十兵衛は思った。

「それで、どんな男の人を……?」

「まずはだ、齢のころは五十歳前後。もう少しいっててもよいかな。そう、肝心なのは独り者。できれば商人がいいが、贅沢《ぜいたく》は言っておられん。顔はどうでもいいが、誠実で頭がよく……」

「あのう、十兵衛さん」

言葉の途中で、与吉が制した。十兵衛を名でもって呼んだ。

「それって、もしかしてお嬢さんの……？」

目端が利くと思ったが、勘もよさそうだ。

「やはり、分かるか？」

「そこまで言われれば、店の者なら誰だって分かります。なあ、三太？」

「いや、おいらには分からなかった。さすが、与吉だな」

与吉の機転には、三太も一目《いちもく》おいているようだ。

「お嬢さんの……ぷっ」

言ってる最中に、与吉が吹き出す。四十五歳のお嬢さんを思い浮かべたのだろう。

「失礼しました。お嬢さん、いやお店のためでしたらなんでもいたします。なあ、三太」

「そうだな。おいらも力になる」

「頼もしいことを言ってくれるな。ありがとうよ」

十兵衛は、小僧二人に向けて大きく頭を下げた。

「よしてください、十兵衛さん。お武家さんが小僧なんかに頭を下げちゃいけませんでしょ。他人が見てますよ」

「いや、いいのだ」

このとき十兵衛は思っていた。やはり、与吉に話しかけてよかったと。跡取りのいない店の窮地を知る者ならば、黙って動いてくれるはずだと。

「あくまでも、旦那様とお春さんには内緒だぞ。ああ、そうだ……」

またも懐から財布を取り出すと、一朱銀を二個取り出し二人の手に握らせた。これは口止めのつもりであった。

「はい、絶対に喋りません。三太も分かっているよな」

「うん」

たった一言だけの、三太の返事であった。だが、その力強さに十兵衛は大きくうなずく。

与吉たちと別れてから、十兵衛は源助町に向かおうと北に道を取った。

首尾よくいけば、六両手に入る仕事を都合四朱、ということは一分である。一分金四枚で一両である。一両の四分の一の元手で、六両をせしめる。並みの人間なら、利の厚さにしめたとほくそ笑むだろう。だが、十兵衛の考えは違っていた。

今、あの小僧たちに大金をもたせてはならない。給金のない小僧たちが金をもっているのを見られたら、どんな災難が待ち受けているかしれない。どこかから盗んできたのだろうと、疑われるのがおちだ。そうならないよう、十兵衛は小僧二人のために一両ずつは預かってやることにした。

「……もっとも、うまくいったらの話だが」

そんな呟きが口をついて出る。

いつしか十兵衛は、うまか膳の前に立っていた。するとあたりをうかがい、そっと遣戸を開けた。開店前の茶屋に、十兵衛みたいな形《なり》の男が入り浸るのもおかしいと、それなりに気を遣ってのことであった。

「おかえりなさい……」

まずは、菜月から声がかかった。

一段落がついたのか、卓に座って五郎蔵と菜月が茶を飲んでいる。

「なんでした、松竹屋さんの話ってのは」

「実はな……そうだ、猫目はまだ戻ってないのか？」

「ええ、あれから一度も戻ってきてません」

菜月がうなずきながら言う。

「そうだよなあ。よく考えてみれば、越三屋の旦那が動かん限り、猫目はいつまでも見張ってなくてはならない。これは一両では安かったかな」

気楽に引き受けた安易さを、十兵衛は憂えた。

「これは、策を練る必要があるな。猫目が帰ったら、みんなして考えてみよう」

「それは分かりましたが、松竹屋さんの……」

五郎蔵が、話の先を促す。

十兵衛は、依頼があったら三人には、包み隠さずに話そうと常々考えている。

「実はな……」

十兵衛は、松竹屋の依頼を五郎蔵と菜月に聞かせた。

「お春さんて、四十五歳の娘さんですか？」

五郎蔵も菜月も、お春の名は知っていても会ったことはない。その、婿取りの依頼と聞いて、気持ちに和《なご》むものを感じた。殺伐としたものでなくてよかったと、安堵の胸をなでおろす。

「それで、手前らに何をしろとおっしゃるんで？」

あらかた話を聞いて、五郎蔵が問う。

「当面、何もしなくてもいい。松竹屋の小僧さん二人にな……そうだ、さっきここに酒を納めに来ただろう。その二人だ」

「一人は、与吉といって、けっこう目端の利く子ですな」

「そう。あの二人に、それとなくあたらせている。今度酒を納めるときには、何か報せをもたらせてくれるはずだ。そのために、二朱ずつ小遣いとして渡してある」

「六両にもなるのに、たった四朱ですますそうとしているのですか？」

業《ごう》つく張りと、菜月の蔑《さげす》む顔が十兵衛に向いた。

「いや、そうではない。功が成った場合は、一両ずつあげようと思っている。だが、手渡すことはしない」

十兵衛は、抱いていた考えを菜月に語った。

「さすが、お頭……いや、十兵衛さん。見直しました」

菜月の蔑む目が、称《たた》えるものに変わり輝きをもった。

六

猫目が憔悴しきって帰って来たのは、暮れ六ツも近くなった夕暮れどきであった。帰ったときの様子からして、何も語らずも不首尾であったことが知れる。なんの策も授けずに、探索に向かわせたことを十兵衛は自分の落ち度と考えていた。

「ずっと見張ってたのですが、旦那らしきものの外出はありませんでした。すいません」

「いや、謝ることはないさ。考えてみれば、昼日中にお妾さんのところに行く人はいまい。いや、いるにはいるだろうが、この暑い最中に女と……いや、この先は言うまい」

汚《けが》らわしいとの思いが宿る菜月の目を見て、十兵衛は話を途中で止めた。

この先も、いつ動くか分からぬ越三屋の主人を一昼夜猫目に見張らせておくのも、無駄であり策がない。とても一両の額で請け負える仕事ではなかった。

「どうしたらいいかのう？」

簡単なようで、この手の依頼は意外と難しいものだと、十兵衛は腕を組んで考えた。

「何か、よい案はないかな？」

こういった場合も、四人で考えることにしている。店に備わる四人掛けの卓を囲んでの合議がはじまった。

何も策が浮かばずいたずらにときが過ぎ、いつしか宵五ツを報せる鐘の音が聞こえてきた。

「なんとか旦那というのをおびき出せればよいのだが……」

十兵衛の苦渋の声音《こわね》であった。

「でしたら、あたしが動きましょうか？」

「菜月がか？」

「ちょっといい策を思いつきましたので」

「いい策とはいったい、どんな策だ？」

十兵衛の問いに、菜月が卓の上に体を乗り出した。それに倣《なら》って、男三人も体を乗り出す。四人の頭がくっつき、菜月はぐっと声音を落とした。

合議は密談の様相を呈す。

「越三屋の旦那に、付け文を出すのです」

「付け文ってのは、恋しい恋しいってあれか？」

五郎蔵の問いであった。

「まあ、そんなようなものです。その内容については、あたしに任せてください」

さすがくノ一である。こういうときに女の武器が発揮できると、十兵衛は頼もしくさえ思った。

「そうだなあ。ここは菜月に任せるとするか。どんな手を打つか知らんが、よろしく頼むわ」

大店《おおだな》の旦那の、妾の家を探るのに四人が雁首《がんくび》をそろえて合議することもなかろうと思ったとたん、十兵衛は考えるのが馬鹿馬鹿しくなってきた。そんな思いが、同時に大きな欠伸《あくび》となって出る。

「なんだか、きょうはいろいろ動き回って疲れた。帰って休むとするか」

十兵衛は、これから一町先の露月町の塒《ねぐら》に戻らなければならない。

夏の夜も更け、江戸八百八町は寝静まるときだが、まだ昼間の熱気が残っている。寝苦しい夜であろうが、休まないと次の日がきつい。

「さてと、お開きにするか。それじゃ、菜月頼んだぞ」

「分かりました……」

お休みなさいと、三人の声を背中で聞いて十兵衛はうまか膳の戸口に立つと遣戸を開けた。

「ウォーン」

どこで啼《な》くか、野犬の遠吠えが聞こえる。

「……なんだか蒸し暑い夜だ」

独りごちながら、十兵衛は隣町の露月町へと足を向けたそのとき。

闇の中から「たっ、助けてくれ」と、咽喉《いんこう》を絞り出すような声音が聞こえてきた。

「何ごとか……？」

十兵衛は、足音を消して声のしたほうに近づく。天空に浮かぶ上弦の月の明かりは、何が起きているのかを判断するに充分であった。

侍が二人段平《だんびら》を抜いて、地べたに腰を抜かす町人らしき男を威嚇している。町人の足元では手下げ提灯《ちょうちん》が赤い炎をくゆらし燃えている。提灯の燃える炎に照らされ、町人の様相が十兵衛の目にもはっきりと映った。

恐怖に顔を引きつらせ、片手で相手の攻撃を制して命乞いをしている。町人と思えたのは、幾分齢のいった商人風の男であった。ふくよかな顔に、光沢のある夏向きの単《ひとえ》に押し出しが感じられる。一見、大店の主のようでもあった。

侍たちは刀を上段に構えているが、打ち下ろす気配はない。脅して金をせびろうという魂胆《こんたん》なのか。だが、そんな気配もない。追い剝ぎや、辻斬りではなさそうだ。身《み》形《なり》は、どこかの家中《かちゅう》の者たちと見える。

十兵衛は、いざとなったときに出ていこうと、陰に隠れしばらくは成り行きを見やっていた。

「よくも拙者らの足元に向けて、痰唾《たんつば》を吐いてくれたな」

侍の声音を聞くと、酔っているようだ。むしろ、その酔いのほうが危ないと、十兵衛は取った。殺気はなくとも、酒の酔いが刀に勢いをつけさせる。

「拙者らを、大諸藩士と知って痰唾を吐いたのではなかろうな」

もう一人の侍が言ったとき、十兵衛の心《しん》の臓が大きな高鳴りを打った。片ときも忘れてはいない、大諸藩。その名を十兵衛の耳は、はっきりととらえた。

「いえ、そんなつもりでは、けっしてございません。どうかお許しを……そうだ、これでお召物が汚れましたら新しいものと……」

商人は、懐から財布を出すとそのまま侍の一人に手渡した。

「わしらを追い剝ぎだというか？　馬鹿にしおって」

何をしても、許してくれそうにない。財布を手にした侍は懐にそのまま入れると、段平を振り下ろそうと身構えた。

金を出しての命乞いも、効果はなかった。むしろ、怒りに油を注いだようなものだ。

——これは危ない。

酔いが引き金になって、侍の歯止めが利かないとみた十兵衛は、足元に落ちている小石を拾うと、刀を構える侍めがけて投げつけた。

ゴツンと、どこかに当たった音がする。額を手で押さえているところをみると、おでこにでも当たったのだろう。

「何奴《なにやつ》だ？」

侍たちの目が、石が飛んできた闇のほうに向いた。黒ずくめの十兵衛は、闇の中に溶け込んでいる。芝居に出てくる黒子のようだ。相手の目には、十兵衛の姿は見えないはずだ。

逆に、十兵衛のほうからは侍たちの様子がよく見える。仇討ちのことを考えると、今は、なるべく相手に姿を晒したくなかった。

十兵衛は闇の中から声を発した。

「そのお方が謝っているではないか。財布を受け取っても斬り捨てようって魂胆は、侍にあるまじきもの。その人斬り包丁を鞘に収めなければ、こちらから打って出るぞ」

声音を押さえ、なるべく恐怖感がこもるような口調で相手を説き伏せる。姿の見えぬ相手より怖いものはない。大諸藩士と語った侍たちに震えが帯びているようだ。

このとき十兵衛は考えていた。せっかく大諸藩士と遭遇したのだ。何か仇討ちに役立つ情報が得られぬものかと。

これまでも、藩邸の前に立ち様子を探ったことがある。だが、門構えの立派さだけを見るだけで、どうにも取っ掛かりがつかめずにここまで来た。

いつぞや、猫目が外出する藩士を追いかけたことがある。だが、そんなことをしたって埒《らち》があくものではない。飯森藩と大諸藩の探索は行き止まりとなり、進展はなかった。もっとも、長期戦を覚悟してのことである。十兵衛たちに、憂いはなかった。

しかし今、大諸藩士とよからぬことで出遭い、どうしようかと考えている。そんな最中に、侍たちから声がかかる。

「誰だ。闇にまぎれて。出てこぬか」

十兵衛の声を強がりと取ったようだ。となれば、侍たちも強気になる。侍たちの気は、闇の中にいる十兵衛に向いていた。

「おやっ？」

十兵衛も、大諸藩のことを考え気持ちは商人から離れていた。いつの間にか、侍たちの前から商人の姿は消えていた。やり取りの間に、逃げ出したのであろう。

それはそれでよかったと、十兵衛が安堵したところであった。

南のほうから、数名の足音が聞こえてきた。上弦の月に照らされる姿は、これも四人の侍であった。

「おぬしら、こんなところで何をしている。おや、酒を呑んでおるな？」

先の二人とは、知り合いらしい。というよりも、同じ大諸藩士であることが次の言葉で知れた。

「役目をおろそかにして、酒を呑むなど言語道断。殿がこの場にいたら、切腹ものだぞ」

よく見ると、四人の侍のうしろには黒塗りの大名忍び駕籠が、陸尺《ろくしゃく》二人によって担がれている。

「いや、すまぬ。どうせ殿はきょうは泊まりだと思ってな、少し呑んでしまった。そうだ、おぬしたちにも分けてさし上げよう。けっこう重いのでな」

言って侍の一人は、懐にしまった財布を取り出すと、中を広げて見せた。

「おや、三十両も入っておるぞ」

「どうしたのだ、その財布は？　水上《みずかみ》……」

「いや、ちょっといただいたものだ。何もやましいことはあらん。のう、沼田《ぬまた》」

「ああ、ちょっと仕事をしての報酬だ」

闇の中で聞いていて、腹立たしく思える十兵衛であった。できれば出ていって、とっちめてやりたい。だが、ここは相手の話を聞くのが先決だ。ぐっと我慢することにした。

「左様か。ならばよいが……」

「それでだ、谷川《たにがわ》。この三十両を、六人で分けようではないか。一人頭、五両ということで……」

「それで、拙者らの口を封じようというのだな？　水上もすみにおけんな。よし、分かった。今回限り、それで目を瞑《つむ》ってやろうではないか。みんなも、よいか？」

谷川という侍が、他の三人に訊く。首を横に振ったものは誰もいない。五両もらえる強みであった。

二人の侍からは、十兵衛の存在はどこかにいっているようだ。同僚と落ち合い、安心したのであろう。そのまま六人と大名駕籠は、目抜き通りを北へと向かった。空《から》の駕籠は、汐留橋近くの上屋敷に戻るのであろう。

十兵衛は、物陰からその一部始終を見ていた。

侍たちがいた場所まで出ると、ぼんやりと立って侍たちの行った方向を見やっていた。足元を見ると、燃えた提灯の灰が残っている。

「おや？」

そのそばに、財布が落ちている。中身だけを抜き取り、侍が捨てていったのであろう。十兵衛は、財布を拾うと中を見た。まだ残りがあるのではないかと、さもしい考えではない。すると——。

「あっ、これは」

小片の書き付けが一枚入っている。ぼんやりとした月明かりの中で『越三屋　佐久左衛門』と字が読める。ほかの文字は十兵衛の頭の中には入っていない。

「なんたる偶然、なんたる因果」

十兵衛が、すぐさまうまか膳にとって返したのは言うまでもない。

七

すでにつっかえ棒をかけられた遣戸を、十兵衛は壊れるほどの音を立てて叩いた。

「おい、誰でもいいから早く起きろ」

近所を起こしてはまずいと、小声であった。

すると、手燭《てしょく》をもっているのか、油障子がぼんやりと明るくなった。

「どちらさんで……?」

女の声は、菜月である。あと片付けで、二階にある自室に行ってなかったのが幸いした。

「菜月か。まだ起きてたか。十兵衛だ、早く戸を開けろ。そして、二人を起こせ」

「十兵衛さん……」

菜月が慌てた様子で、遣戸を開く。

「どうなさいました?」

血相を変える十兵衛に、驚き顔で菜月が問いかける。

「早く二人を起こして来いと言ったろ」

十兵衛の、こんなきつい口調を聞いたのは、菜月は久しぶりであった。

「あっ、はい……」

わけが分からずも、菜月は一階にある奥の部屋へと走る。やがて、寝巻きをはだけさせた五郎蔵と猫目が眠たそうな顔をして、店へと出てきた。

「いったい、何がございました?」

「何がではない」

凡庸な五郎蔵の問いに、十兵衛は強い口調で返した。

十兵衛も慌てている。

「座敷のほうで話そうか」

入れ込みの座敷で話し合うことにした。

再び面をつき合わせての合議がはじまる。

「それにしても、さっきは遅くまで語っていてよかった。帰りしなに、とてつもない偶然というか因果というか、そんなのに出くわしたぞ」

急げと言って三人を叩き起こした十兵衛にしては、話に前置きがあった。

「いったい、何がございましたので？」

前置きはいいと、面相に思いをこもらせ五郎蔵が訊いた。

「まずは、こいつを見てくれ」

十兵衛が取り出したのは、金色の刺繍《ししゅう》が施《ほどこ》された財布であった。

「金の貯まりそうな財布ですね」

「そうだろう。こういうものをもっていれば金持ちに……いや、そうではない。財布なんてどうだっていいのだ」

菜月のつっ込みに、十兵衛ものりでつっ込み返す。

「この中身を、まずは見てくれ。これで、菜月が苦労することはない」

一枚の紙片は、簡易の借用書であった。

金五両借り受けます
越三屋佐久左衛門様
お静《しず》

と、三行で用件がしたためられている。

「これは……」

三人の、驚きの目が借用書に集中した。

「これをどこで手に入れたのです？」

五郎蔵が、目を輝かせて訊く。

「もっと、すごいことを教えてやろうか。みんなおったまげるぞ」

本来なら、そっちの話のほうが大事であろうが十兵衛は、あえてあとから出すことにした。佐久左衛門の財布で、みんなの眠たい頭をまずは覚ました。忍びは、いざとなったら三日三晩寝なくても平気な訓練をしている。だが、普段でも眠いものは眠い。

「この財布はな……」

十兵衛は、行きがかりの経緯をそのまま語った。

語りを聞き終えても駭然《がいぜん》とするか、しばらくは三人の口から言葉が発せられることはなかった。

「……越三屋の旦那を襲ったのは、大諸藩の家臣たちだったのですか」

ようやく五郎蔵が、呟くように声を発した。それをきっかけに、堰《せき》を切ったように問いが発せられる。

「仙石紀房をどこかに送ったあとの、帰りのようですね？」

まずは菜月が、十兵衛に問う。

「紀房は、泊るようなことも言ってましたよね？」

猫目も、つづけて訊く。

「家臣たちの名が出たようでしたが？」

五郎蔵が口にする。

矢継ぎ早の問いに、十兵衛はまとめて答える。

「どこかに紀房を送り、戻りを待っている間に、水上と谷川は酒を呑み……」

「酒を呑んでいたのは、水上と沼田ではありませんでしたか？」

菜月が首を傾げて問う。

「そうだったな。それで、紀房から泊ると言われ、谷川たちが引き上げようとしたところで佐久左衛門さんを襲った二人と合流したってわけだ」

「そうなると、紀房が今泊っている場所というのは、ここからかなり近いと思われますが」

「いいところに気がついたな、菜月」

十兵衛が、一町離れた長屋に戻ろうとする途中での出来事である。家臣たちの動きから、今現在紀房がいる場所は、うまか膳からもかなり近いところと想定される。

「警護をしていた家臣が、ちょっとさぼって酒を呑みに出たからには、そんなに遠くでは呑まないだろう」

露月町から源助町にかけての通り沿いには、多くの茶屋や居酒屋が建ち並んでいる。そのどこかで水上と沼田は酒を引っかけていたと考えられる。

「水上と沼田は、紀房が泊るのを知っているような口ぶりではなかったですか？」

「どうせ泊りだろうなんて言ってたからな」

菜月の問いに、十兵衛が答えた。

「いずれにせよ、ここから二町と離れていないところあたりに、仙石紀房は通っているることになる」

　ぐっと相手に近づいた感じのする十兵衛であった。

「泊りとなりますと、これですか？」

　五郎蔵が、右手の小指を立てて言った。

「どこかに、囲い女がいるとも考えられるな。いや、そうとしか考えられぬ。さすが、五郎蔵だな。そっちのほうには勘が鋭い」

「囲い女となりますと、これからも頻繁に……」

「菜月もずいぶんと、そっちのほうには気が回るな」

「まあ、いやなことを十兵衛さんたら」

「そういうつもりではないぞ、菜月。これはすこぶる重要なことだ。水上と沼田はその供侍《ともざむらい》として警護に当たっているのであろう」

　真顔になって、十兵衛は説く。

「警護についてるというのに酒を呑むなんて、いささか呆れますな」

「しょっちゅうあることなんで、紀房が帰らないことを奴らも分かっていたのさ。囲い女に入れ込む藩主を警護するのが、馬鹿馬鹿しくなったのではないかな」

仙石紀房の夜間外出を、十兵衛はじめ四人は囲い女と決めつけている。

「その囲い女のところに通うときが……」

「千載一遇の機会ですな」

十兵衛の語りに、五郎蔵が載せた。

「ああ、そういうことだ」

にわかなる進展に、一同震える思いとなった。

「なんだか、すぐにでも討ち果たせそうな展開になってきましたね」

ポキポキと指の関節を鳴らしながら猫目が言う。ここまできたら、本懐の半分は、目と鼻の先だ。もう一人の本懐皆川弾正は、今は国元に戻っている。参勤交代で江戸に在府するのはあと数か月先である。

しかし、うまく仙石紀房を討ち果たせたとあっても、そこで捕らえられては本懐を遂げたとはいえぬ。二人を亡き者にして初めて大願成就となるのだ。

十兵衛たちにとっては、そこが難儀なところであった。これが、二人目だったら返り討ち覚悟で襲撃してもよい。だが、一人目ともなるとそうはいかない。絶対に誰の仕業か露見してはいけないのだ。

「ここまで分かったのはよいとして、これからはことを慎重に運ばねばならぬ」

ふーっと一つ、ため息をついて十兵衛はことの難儀さを思いやった。

「二人目はともかく、一人目を殺《や》るのは難しいですな」

五郎蔵たちにも、そのことは分かっている。菜月と猫目も、幾分伏し目がちとなった。

「とにかく、ここまできたのだ。ときはたんまりある。策を練りに練って仙石紀房を討ち果たそうぞ」

赤穂浪士ならここで『エイエイオーッ』と雄たけびを上げるのだろうが、今は夜半である。まだ開店もしていない煮売り茶屋から、夜中にそんな声が湧き立つのも変だろうと、自重することにした。

「それにつけても、これは越三屋の佐久左衛門さんの……そういえば、忘れていたな」

越三屋佐久左衛門の内儀からの依頼からすっかりと話は逸《そ》れ、再び話題が戻ったとき、夜四ツを報せる鐘が鳴りはじめた。江戸八百八町の木戸が閉まる刻となっていた。

「おれはここで泊るとする。五郎蔵、酒でも呑んでゆっくりと話すとするか」

酒は松竹屋から納められているはずだ。そのことを思い出して十兵衛は言った。

「そいつはよいお考えで。塩鮭を焼いて余ってますし、梅干も酒の肴にいいですな」

五郎蔵と菜月の手により、あっという間に酒盛りの準備が整った。

「酒でも呑んで語れば、いい案も浮かぶというもの。さあ、じゃんじゃんやろう」

「あまり呑まんでくださいな。売りものなんですから」

「なくなったら、また仕入れればよい。けち臭いことを言うな。なんせ、この日だけで七両にもなったのだからな」

「それはお春さんていう人の、お婿さんを探してあげてのことでしょ？」

菜月が、十兵衛の意気込みの腰を折るように言う。

「いや、そんなものは簡単に見つかるさ」

「でも、四十五歳になるお嬢さんでしょ？」

「それ以上の齢で、独り者なんて幾らでもいるさ。なあ、五郎蔵……あっ」

十兵衛と菜月、そして猫目の目が五郎蔵に向いた。

「ここにいたではないか。四十五以上で、独り者が」

「冗談言わないでくださいよ、十兵衛さん。手前が松竹屋の入り婿になったら、この店や意趣返しはどうするんです？」

五郎蔵を押しつけ、ことを簡単に済まそうと思った十兵衛の目論《もくろ》みは、当人の言葉で覆《くつがえ》る。

「やっぱり駄目か」

「そりゃそうでしょう。ですが、逆の玉の輿《こし》に乗れるとあっては、言い寄る男は幾らでもいるでしょうから」

そっちのほうは、さして難しくはないと五郎蔵は言う。

開店の段取りも大方ついた。ここは、みなで手分けをしようと算段がなされる。

第二章　なんたる偶然

一

翌日の朝。

うまか膳の窓際に座り、菜月は動くことなく中から外を見張っている。歩いて通るか、駕籠に乗っているかは定かでないが、仙石紀房は、必ず店の前を通るはずだと。

しかし、お天道様の位置が高くなる朝四ツになっても、それらしき者の通る気配はなかった。

「どうだ、紀房みたいなのが通ったか？」

「いえ、まだみたいなんです。おかしいですねえ」

十兵衛の問いに、菜月が首を捻って答えた。

通りは、東海道にも通じる目抜き通りである。人の行き交いが多いところだ。

「人込みに紛れて帰館するということも考えられますので、目を凝らして見ているのですが……」

「いや、それは考えられんな。もう通らんであろう」

「どうしてです？」

「囲い女のところで、大名たるもの朝からそんなにゆっくりとはしていられんであろうよ。上屋敷には、正室もいるんだろ。そんなのにばれたら、どうするんだ。修羅場だぞ、おそらく……」

十兵衛は、町人夫婦のように大名を考えている。

「そんなものですかねえ。でしたら、これ以上見ていても仕方ありませんね」

菜月もすぐに得心《とくしん》をする。

「たぶん日の昇る前に帰ったか……そうか、裏道ってことも考えられる」

街道に並行して、東側にも道がある。その道は汐留橋に通じている。大名屋敷の塀沿いなので、人の通りも少なく歩きやすいところだ。

「大名が、お忍びで出歩くにはそっちの道のほうが通りやすいだろう。しかしなあ、そうとなると、厄介《やっかい》なことになる」

同時に十兵衛は憂いをもった。

「ここを通らないとなると、見張ることもできませんわね」

「そういうことなので、策を練らんといかんな。まったく、東側に道なんぞあるから、面倒なことになる」

愚痴ってもどうにもならぬことを、十兵衛は口にした。

「幾日ごとに、その囲い女のところに行くかですね。それさえ分かれば……」

菜月が口にしたところであった。

「それでは、行ってきます」

厨《くりや》の奥から、前掛けを取りながら五郎蔵が出てきた。これから越三屋佐久左衛門のもとに向かおうとしているところである。

菜月が佐久左衛門の様子を探ることになっていたが、急遽五郎蔵が動くことになった。昨夜、話し合って決めたことだ。

「ところで、紀房は通ったか?」

五郎蔵が、菜月のほうを向いて訊いた。

「いえ、まだ……」

首を横に振りながら、菜月が答える。

「まだというよりはだな、おそらく……」

一本東の道を通ったのだろうと、十兵衛は先の考えを述べた。

「なるほど、そうかもしれませんね。となると、ここで菜月が見張っていても……」

仕方がないと、五郎蔵は添える。

「あとは、猫目の帰りを待つとするか。それにしても、遅いな」

十兵衛が、言ったちょうどそのときであった。

「ただいま、戻りました」

遣戸《やりど》が開いて、猫目が店の中へと入ってきた。

「おう、遅かったな。それで、どうだった？」

「いえ、紀房は戻ってくる様子がなかったです。今まで、表門の前で見張ってたのですが」

猫目には、明《あけ》六ツあたりから紀房の帰りを見張らせていた。もの陰からまんじりともせず二刻も見張っていたが、それらしき人物の帰館はなかったという。

菜月と猫目で、両面から見張らせていたのであるが、どうやらこの朝は徒労に終わったようだ。

「どのような恰好で戻ったかを知りたかったが、それはならなくなったな。まあ、仕方のないところだ。二人とも、ご苦労だった。猫目はめしを食ってないのだろう？」

「へい……」

「菜月、作ってやりな。おれはこれから……」

長屋に戻ってひと寝入りするとまでは言えない。

「それじゃ、手前は佐久左衛門さんのところに……」

行くと言って、五郎蔵が足を一歩踏み出したその瞬間——。

「ちょっと、五郎蔵待ってくれ」

十兵衛に考えが閃き、五郎蔵を呼び止めた。

「いい考えが浮かんだ。ちょっと、みんな聞いてくれ」

菜月も戻り、猫目の朝めしはしばらくお預けとなった。

五郎蔵がもっていた、佐久左衛門の財布は十兵衛に渡る。

佐久左衛門に財布を返す前に、十兵衛はそれを利用することを考えたのであった。

「おれがこれから行ってくる」

十兵衛が向かったのは、大諸藩仙石家の上屋敷であった。

このときの、十兵衛のいでたちはいつもの黒装束ではない。五郎蔵の着物を借りて着付けている。唐桟《とうざん》の千本縞の小袖を着流し、顔と髷形《まげがた》は網代笠《あじろがさ》を目深《まぶか》にかぶり、しっかりと隠してある。

腰は丸腰である。十兵衛にしてみれば、一種の変装であった。

町人のような、そうでないような、一風変わったいでたちは、後々のことを考えてのこともある。

その形《なり》で十兵衛は、上屋敷の門前に立った。そり曲がった唐破風《からはふ》屋根の門前に立ち、十兵衛は一呼吸おいた。

――これをしくじったら、あとが面倒になる。

十兵衛は臍下《せいか》の丹田《たんでん》に一つ力を入れると、門に向かって歩き出した。そして、左右に二人立つ門番の、脇門に近いほうの前に立った。

「どちら様であるかな？」

見るからに、怪しい十兵衛の身形《みなり》である。怪訝そうな顔をして、門番が訊いた。片方の門番も、十兵衛を見ている。

「それがし、ご家中の水上様に用事があってまいった。取り次ぎを願おう」

言葉は、武士である。

「お名を聞かせてくださりますかな？」

門番から、胡散臭《うさんくさ》そうな顔は消えていない。

「それよりも、昨夜のことで来たと伝えてくれませぬか。ええ、そう言えば分かります」

「水上様は、二人いるがどちらの……？」

これには、十兵衛も一瞬言葉を失う。だが、そこは十兵衛、もちまえの機転が利いた。

「沼田様と仲のよい……」

「ほう、お手前は沼田様もご存じで？」

「存じているどころではない、谷川様も知っておるぞ」

三人の名を出せば充分だろうと口にする。すると、案《あん》の定《じょう》門番は警戒を解いた。

「左様でしたか、失礼つかまりました。それではちょっと、お待ちを。ここを頼んだぞ」

片方の門番に声をかけ、屋敷の中へと入っていくのを、十兵衛はほくそ笑みながら見やっていた。

しばらくして脇門が開くと、中から門番に導かれたように一人の侍が出てきた。水上ではなく、沼田という家臣であった。

昨夜は暗い中で分からなかったが、三十代も半ばの顔の厳《いか》つい侍であった。面相からして、武官に属しているのがうかがえる。警護の供侍であることもうなずけるところだ。おでこに膏薬《こうやく》が貼ってあるところは、小石が当たってできた傷だと十兵衛には考えられる。

「おぬしか、拙者に用というのは？」

腰に二本差してあるところに、警戒心が感じられる。

「左様で……」

「ところで、おぬしはいったい……？」

十兵衛は、あくまでも網代笠で顔を隠す。

「小石が当たった、おでこの傷は痛みますかな？」

門番の耳には入らぬよう、十兵衛は一際《ひときわ》声音を落として言った。

「ん、なんと？」

「お声を大きくしますと、門番が訝《いぶか》しがりますぞ。できましたら、あのあたりで話を……」

しませんかと、十兵衛は塀の切れているもの陰に誘った。

「分かった」

と言って、沼田がついてくる。そして、他人の目に触れぬ場所まで来ると、十兵衛の足が止まった。日陰であるので、幾分涼しくも感じる。

丸腰の十兵衛に、沼田は安堵の色が宿す。だが、眉間に皺が寄るところは、警戒心は解いていないようだ。

十兵衛も、沼田の抜刀に気を遣いながら接する。

「あのとき暗闇にいたのはおぬしだったか。それで、何用で拙者を呼び出した？」

「これに、覚えがございませんか？」

言って十兵衛が懐から取り出したのは、金色の刺繍が入った財布であった。

「おぬし、どこでこれを……あっ！」

三十両の金を抜き取ったあと、六人で分け合い無意識に財布を捨てたことを思い出し、沼田は驚愕の目を十兵衛に向けた。

「そうか。おぬし、町人のくせにして強請《ゆす》りをかけにきたな。あのときは、討って出るぞなんて武士のようなことを言っておったが、やはりはったりであったか」

ここで町人に間違えてもらったのは、十兵衛にとって後々のために都合がよい。

「人聞きが悪い。強請《ゆす》りなんかじゃありませんよ。ただ、昨夜お侍さんが襲ったお方を手前は知っておりまして……ええ、名は明かせません。そのお方に難儀が降りかかってはいけませんからな。手前も、顔を知られて追いかけられるのもいやですから被りものをさせていただいてます」

十兵衛は、意識して町人の言葉となった。

さて、これからが肝心なところである。沼田の気を向けたのはよいが、いかにして仙石紀房の動向を聞き出すかが、このたびの十兵衛の狙いである。

二

まずは、沼田の弱みを握ることからだと、十兵衛は順序を踏んだ。

「酔って町人を襲うなんて、大諸藩のご家来様は追い剥ぎのごときですな」

「なんだと！　聞き捨てならぬ」

と、沼田は怒りに体を震わせ、大刀の柄《つか》に手をあてた。

「おっと、刀を抜いてはなりませんぞ。手前を斬ったとしたら、お殿様の警護の最中に酒を呑んでいたことが表沙汰になりますからな」

ぎこちない町人言葉で、十兵衛は沼田の殺気をかわす。大刀の柄から手を離した沼田に、十兵衛は声音を強くしてさらに畳みかける。

「さらに、町人から奪った三十両を六人で分け合うなどは、武士としてあるまじきこと。悪逆無道なその振る舞いは言語道断、不届千万を通り越し……」

ちょっと、調子に乗りすぎかと十兵衛は途中で言葉を止めた。そして、口調を戻して言葉をつけ加える。

「まあとにかく、酷いことをなさりましたねえ」

「それで、おぬしの狙いはなんだ。金ではないのか？」

「金は欲しいですよ、それは。ないよりかは、あったほうがいいですからな」

言っていながら、余計なことを言わなくてもいいと十兵衛は自戒する。

これからがつっ込みどころなのだ。

面と向かって『殿様はどこに行ったのだ？』と聞き出すことはできない。ここで十兵衛は、鎌をかけることにしている。

「それにしても、お殿様はお好きですすなあ」

「お好きですなあって、おぬしは殿のことを知っているのか？」

「いえ、まったく知りません。ですが、お殿様のお相手のことは、よく知ってます」

「殿のお相手をか？」

驚きと、訝しげが入り混じった沼田の表情に、十兵衛は我が意を得たりの面持ちとなった。

「はい。こちらのお殿様とは相性が合いますようで、死ぬの生きるのとうるさくてかないません」

「お相手が、おぬしにそんなことを言っておったのか。まあ、死ぬとか生きるとかは言っておるだろうがなあ」

得心したような、しないような複雑な表情で沼田は言う。

「ところで、おぬしはそのお相手とどのようなかかわりがあるのだ?」

沼田からの問いに、十兵衛は用意していた答を返す。

「以前に、命を助けたことがありまして、それから顔見知りとなりました」

まったくあたり障りのない答えだと、十兵衛は自分で思っている。

「なるほどな……」

十兵衛のすらすらと答えるさまに、沼田の疑う余地はないと思いきや――。

「ほう、命を助けたと。それは、どんなことでだ?」

訊かれると思い、これも答を用意している。

「はい、暴漢に襲われたところを……」

「……はて、お独りで出歩くのかなあ?」

首を傾げながら、沼田が呟く。そして、頭の中で思い浮かべた。

――まあ、うちの殿も独り、お忍びで出かけることがあるからな。

「ならば、親密になってもおかしくはないな」

沼田が、得心した面持ちで言った。しかし、話の筋がちょっとずれているようだ。

「ですから、手前も懇意にしてましまして……」

「そうであろうのう」

だが、言葉自体はうまく嚙み合っている。

「手前も、かわいがっておりましてねえ……」

十兵衛は、ここからが肝心とばかりに口にする。

「かわいがっておるだと？　なんだか、気持ちの悪い奴だな」

――あのお方は、そのような趣味趣向があったのか。まあ、ないとは言えぬな。そういえば以前、小姓に手を出したと聞いたことがあった。

沼田の思いが、十兵衛を助ける。

「そこで、お願いなんですが」

「なんだ、改まってお願いとは？」

「お殿様のお通いを、月に一度でなく……」

ここは十兵衛の一世一代の鎌のかけどころである。

「お相手が寂しがっておりますので、せめて半月に一度お通いくださいとお殿様にお伝え願いたいのですが」

「なんだと？　話がどうも最前からおかしいな。殿同士は今でも半月に一度は行ったり来たりしておるぞ。まあ、月に一度はこちらから佐原《さわら》藩の上屋敷に赴くがな」

佐原藩と聞いた件《くだり》で、十兵衛は愕然とする思いとなった。てっきり、女通いと思っていたものが、根底から覆《くつがえ》される。ここで怪しまれてもまずい。話が妙な具合に噛み合っていただけに、修復が必要となった。

「はて、ならば昨夜は？」

どさくさに紛れて、十兵衛が問う。

「佐原藩主の松山宗則《まつやまむねのり》様と囲碁を打っていたのよ。碁がはじまると、いつも夜通しになってな……そんなことは、おぬしにどうでもいいことだ」

そういえば、松島藩が断絶になり藩主水谷重治が自裁したのは、囲碁が原因であった。皆川弾正と世継ぎを賭けた一局に、端で観戦していた仙石紀房が手を出した。それほど、囲碁が好きだということである。

——囲ったのは女でなく、碁であったか。

囲碁の取り決めでもある、死ぬの生きるのといったあたりから、話がうまく嚙み合っていたのだが、ここに来て本筋がまるで違うことを知った。

とんだ早とちりであったが、仙石紀房の動向は知れた。あとは、どう言い繕《つくろ》うかである。相手から怪しまれる前に、言わねばならぬ。十兵衛の、咄嗟《とっさ》の判断であった。

「これは手前の勘違い。てっきり肥前《ひぜん》は大室《おおむろ》藩のご家臣と間違えました。ああ、なんていうことを……」

平身低頭に、十兵衛は沼田に謝る。

「なんだ、そうだったのか。どおりで、おかしいと思ったぞ。おおもろとおおむろは、言葉の響が似ておるからのう。こっちは、信濃《しなの》の大諸藩だぞ。どおりで話が変だと思った。そうか、大室藩のお殿様は女通いをしていたのか」

十兵衛の方便に、わはは沼田が高笑う。十兵衛は、ほっと安堵の息をつくも、あとの一言を押す。

「そのことは、絶対に誰にも言わないでください。こちらも、財布の中の三十両は誰にも言いませんから」

越三屋佐久左衛門の三十両を、十兵衛は方便《ほうべん》の口止めに使った。

「ああ、分かった。案ずるでない」

「きっとですよ。言ったら、警護の最中に酒を呑んでいたと……」

陰《いん》にこもった声音で、十兵衛は駄目を押す。

「くどい」

きっぱりとした、沼田のもの言いであった。

「それでは、これにて失礼をいたします」

深く頭を下げ、十兵衛は沼田のもとから去る。

「なんだ、おかしな奴だな。ちっとも顔を見せずに……」

十兵衛の背中に沼田の声が聞こえたが、疑る気配はまったくない口ぶりであった。

源助町のうまか膳に戻った十兵衛は、さっそく三人を集め沼田との話を語って聞かせた。

「さすが十兵衛さん。よくも聞き出せましたね」

五郎蔵が感心しきりといった感じで、幾度もうなずく。

「だろう、拙者にかかればちょちょいのちょいだ」

十兵衛も、胸を張って自らを誉めそやす。

「それにしても、囲い女というのは早とちりでしたね」

口を挟んだのは、菜月であった。

「まあ、なんとかそのおかげで紀房の動向が分かったのだ。そこでだ猫目……」

「はい、なんでしょう？」

「佐原藩の上屋敷はこのあたりにあると思うのだが、分かるか？」

藩邸には表札など出ていない。それがどこの藩の上屋敷なのか、たとえ隣に住んでいても知ろうと思わなければ、一生知れずに終わるものだ。

「いえ、分かりません。知っているのは、飯森藩と大諸藩だけでして……」

「ならば、佐原藩も加えてもらおうか。両藩の殿様は、半月に一度は互いの屋敷に囲碁を打ちに、行ったりきたりしているらしいからな」

「となりますと、今度紀房が動くのは、一月《ひとつき》後ということですな」

五郎蔵が、大きくうなずいて言う。

「ああ。そのときが討ち取る、絶好の機会。おおよその供侍の数も知れたし、忍び駕籠。これを逃す手はないぞ」

「あとは、たしかな日取りをつかむことですね」

十兵衛の言葉に、菜月が載せた。

「でしたらもう、大諸藩の家臣には触らないほうがいいでしょう。日取りのほうは、佐原藩のほうから聞き出したほうが……」

「そういうことだな。たまには猫目もいい意見を言う」

十兵衛に褒められ、猫目は頭を掻いた。

「いずれにしても、一月《ひとつき》というのはいい間合いだ。短すぎず、長すぎず。その間に、しっかりと策を練ろうぞ」

かしこまりましたと、三人の力強い返事に十兵衛は頼もしさを感じ取った。

大名一人を討ち取るのに、二年や三年覚悟していたものが、さほどのときを待たずに絶好の機会が訪れる。偶然から転がり込んだ話に、むしろ十兵衛は戦慄さえも覚えるのであった。

三

佐原藩を通して、仙石紀房の動向を探るのは猫目の役目となった。

その間は、それぞれ仕事のもち場につく。

十兵衛の陰聞き屋には、今二つの仕事が舞い込んでいる。当座、その一つに手をつけなければならない。それについては、朝から五郎蔵が動く手はずになっていたが、十兵衛の機転で止まっていた。

大方、うまか膳の開店準備はできている。あとは、庇《ひさし》に縄暖簾を下げるだけだ。

暇のできた五郎蔵は、昼餉のあとに尾張町の呉服商越三屋に動くことになっている。主佐久左衛門が囲っている女の居所を、つきとめる仕事である。

昼めしを食いながらの、十兵衛と五郎蔵の会話である。

「こっちは正真正銘、囲うのは碁でなく女だからな。おそらく、相手はお静という名であろう」

「囲い女が、借用書なんて書きますかねえ?」

そのあたりが腑に落ちないところであった。

「まあ、そのへんはこっちで考えていたってしょうがない。佐久左衛門さんに訊いてみるのだな」

「そうしてみますわ」

すでに、手はずは話し合ってある。塩鮭で昼めしをかっ込み、五郎蔵は炎天下を越三屋へと向かった。

暇となった十兵衛は、露月町の裏長屋に戻って一眠りしようと思ったが、路地の奥にある塒《ねぐら》は火事場のように暑くて、帰る気がしない。

猫目はさっそく佐原藩の在処《ありか》を探しに出かけている。十兵衛は、厨にいる菜月に声をかけた。

「菜月、ちょっと酒でも呑んで暑気払いでもするか。相手をしてくれ」

「ですが、十兵衛さん。売るお酒がなくなってしまいますよ」

「いや、かまわない。早く、なくしたいのだ」

「なぜです？」

「松竹屋から、配達をさせたいのだ」

「あっ、そういうことですか」

勘の鋭い菜月は、それだけで十兵衛の意図が分かったようだ。

それから十兵衛と菜月の、差しつ差されつの酌がはじまった。


額の汗を一つ手布《しゅきん》で拭ってから、五郎蔵は越三屋の日除け暖簾を潜《くぐ》った。

「ごめんくださいまし」

「はい、いらっしゃいませ」

すぐに、手代らしき者から声をかけられる。

「どんなものが、お好みでございましょ。お客様でしたら、これなどいかがかと。今年織られた柄《がら》で、男前がさらに映えます。どうぞご遠慮なく、あててみてください」

と言いながら、手代は反物《たんもの》を広げ五郎蔵の体にあてた。

「おお、よくお似合いで。お客様のような男前でしたら、何を着てもお似合いなんでしょうねえ」

無精髭の生えた五郎蔵をつかまえ、歯の浮いた世辞を言う。

「あのう、おれは……」

わざとぞんざいな言葉を使うも、手代はおかまいない。

「これだと、ちょっと地味か。すこし、赤の縞が入ったほうがいいかな。ちょっと待ってくださいよ、もっといい柄がございますから」

別の反物を取りにいこうとした手代を、五郎蔵は呼び止める。

「ちょっと待ってくれ」

「はい。やはりその柄が、お気に入りで……?」

手代は振り向きざまに言った。

「……だから、こういう店に入るのはいやなんだ」

五郎蔵の呟きに、手代は容赦しない。一反でも売ろうと必死である。

「夏向きの単《ひとえ》にしましても、すぐに秋が来てしまいます。これは袷《あわせ》にしておいたほうが、秋冬春と着られます。今でしたら、お仕立て代は半額にさせていただいております。ええ、お買い得ですよ」

ちっとも買う気のない五郎蔵に、汗水たらして手代は品物を勧める。

「いや、違うのだ。おれは、反物を買いに来たのではない」

ようやく五郎蔵は、自分の意見が言えた。

「それでは、なんで来られたのです？」

購買客でないことを知って、売り手の言葉はにわかに粗雑となった。

「こちらの旦那で、佐久左衛門て人に会いたいのだが、いるかい？」

五郎蔵の言い回しは、遊び人風である。

「旦那様にご用ですか？　それはそれは失礼をいたしました」

一度ぞんざいとなった手代であったが、主人の名が出ると反物を売るときよりも、言葉が丁寧となった。

「うかがってまいりますが、どちらさまでございましょう？」

「五郎蔵……と言っても分からないか。だったらきのうの夜、落としていったものを届けに来たと伝えてもらいてえ」

「かしこまりました。そのように伝えればよろしいのですね？」

手代が奥に入り、そしてしばらくして戻ってきた。

「旦那様がお会いするそうです。一度外に出て、裏の木戸から母家《おもや》のほうに入ってもらえませんか」

手代から言われ、五郎蔵は塀越しに裏へと回った。

佐久左衛門の部屋で、対面をする。

四十代も半ばの、佐久左衛門の顔には艶《つや》があり、精気が漲《みなぎ》っているようだ。よほど女好きだと五郎蔵は思ったが、そんな思いはおくびにも出さない。さて、五郎蔵の目的は、佐久左衛門の女通いを探ることだ。

「落としものを届けられたと、手代から聞きましたが、はて……」

財布を奪われたが、落とした覚えはないと、佐久左衛門は首を捻った。

「旦那様は、お静って女に心あたりはありやせんか？」

「えっ？」

一瞬驚いた顔を、五郎蔵は見逃さない。だが、表情は平穏を装った。

「お静って女が、どうかしましたか？」

「ああ、頼む」

惚《とぼ》けるところは、やはりただならぬかかわりと、五郎蔵は取った。単に、貸借だけのかかわりであったら、別に惚ける必要はなかろうとも思う。五郎蔵は、そうなったときの方便を用意していた。こうとなった場合は、金色の財布は出さない方針であった。

「あっしは、お静の身内のもんでしてね……」

髭面の厳《いか》つい顔を、さらに厳つくして強面《こわもて》を装う。

「身内って、まさか……」

佐久左衛門の顔は、瞬時に蒼白となった。

「そうよ。よくも、おれの女に……」

「おれの女って……そうか」

佐久左衛門が、何かに気づいたようだ。

——これは、お杵の差し金だな。

女の居どころを、女房が他人に頼んで探らせているのだろうと、佐久左衛門の勘が働く。むろん、その表情はおくびに出さず、逆に困惑の様相を示す。

「覚えがあるようだな。それで、お静をどこに囲った？」

大店の主が妾を囲うなら、たいてい一軒屋をあてがうはずだ。五郎蔵、渾身の鎌かけであった。

「………」

脇を向いて、佐久左衛門はだんまりを決め込む。五郎蔵は、鎌かけは図星だったと内心でほくそ笑んだ。

「言わねえと、痛《いて》え思いを……」

言いながら、五郎蔵は懐に手を入れる。九寸五分の匕首を取り出す構えだ。それに恐れをなしたか、佐久左衛門は手を出して、五郎蔵に嘆願する。

「言うから、手荒なことだけはやめてくれ。お静は今、浜松町一丁目の吉次郎店《きちじろうだな》にいる。もう、手を出さないから連れていってくれ」

「吉次郎店ってのは、裏長屋か？」

「そうだ」

妾宅風情の一軒家と思っていた五郎蔵は、長屋と聞いて幾らか首を傾げた。しかし、囲い女から借用書を取るほどの男である。吝嗇《りんしょく》ならば、話は分かると五郎蔵は得心をした。

「本来なら、落とし前をもらうところだが、今回だけは勘弁してやる」

「それは、ありがたい」

ほっと、聞こえよがしに安堵の声を発する、佐久左衛門であった。

さっそく五郎蔵は、佐久左衛門から仕入れた情報を、十兵衛のもとにもって帰る。

「やはり、お静ってのは越三屋佐久左衛門さんの女でしたぜ。そんな女から、借用書を取るぐれえだから相当なけちで、囲ってるところも長屋ってことですわ」

「どこの長屋だ?」

「浜松町の……」

「そうか。だったら、きのうの夜はそっからの帰りってことだな。さすが、五郎蔵だ。一度訪ねただけで、よくぞ聞き出してきたな」

「ええ。あっしの手にかかれば、ちょちょいのちょいで……」

言って五郎蔵は、胸を反らす。

佐久左衛門の相手の住処《すみか》が分かったときは、武蔵野屋の小僧箕吉を走らすことになっている。箕吉が越三屋にかけつけ、お杵を近所の掛け茶屋《ぢやや》に連れ出す手はずであった。

掛け茶屋の、緋毛氈《ひもうせん》がかぶせられた縁台に腰掛け、お杵の到来を待った。

「こちらにおいでです」

葦簀《よしず》の向こうで、箕吉の声がした。十兵衛は、目深にかぶった網代笠を上げると、葦簀の隙間から、箕吉に駄賃を上げるお杵の姿が見えた。

お杵は茶屋の中に入ると、十兵衛と背中合わせに腰をかけた。あまり、親密そうに他人からは見られたくないとの、気回しであった。

十兵衛が、お杵にだけに聞こえる小声で言う。

「浜松町一丁目の吉次郎店に、お静という女がいます」

これだけを告げると、十兵衛は縁台から腰を上げ大刀を帯びた。

「あるじ、茶代は幾らかな?」

「へい、二十文になります」

「そうか……」

一文銭を二十枚数え、縁台の上に置く。そして、十兵衛は葦簀の外へと出た。

「お茶と、草団子をください」

お杵の声が、葦簀の隙間を通して聞こえてきた。

四

その日の夕に、お杵は独りでもって動いた。

お静と対決するために、浜松町の吉次郎店へと出向くものであった。単身で、亭主の囲い女と話をつけにいくほど、お杵は気の強い女であった。

「もう、許しちゃおかない」

歩きながらも、憤慨が口をつく。その形相の凄まじさに、すれ違う人々は、半歩道を避けて通った。

額に汗を噴き出させ、ようやくお杵は吉次郎店にたどり着いた。長屋の入り口にある小間物屋の主から、お静の住処を聞き出す。

「奥から三軒目の戸口だ」

ありがとうと礼を言い、お杵は木戸を潜ると奥から三軒目の戸口の前に立った。

井戸端では三、四人のかみさん連中が雑談を交えながら、夕餉の仕度の最中であった。

遣戸を開ける前に、お杵は一つ息を吐いて、呼吸を整える。

いきなり遣戸を開けての一声を、お杵はすでに考えてある。その手はずでいこうと、お杵は障子紙の貼られた遣戸の取っ手に手をかけた。

そして、勢いよく開けたそのとき、ガタッと音がして、障子戸は敷居から外《はず》れた。お杵に向けて倒れてくる。お杵は、かろうじて倒れる戸を受け止めたものの、あとの対処が分からない。お杵は外でつっ立ったまま、しばらく障子戸を抱く形となった。

「どなたさんですかね?」

ようやく、奥から女の声が聞こえてきた。

「まあ、戸を外しちまったよ。外にいるのは、どなたさんだい?」

草履《ぞうり》をつっかけ、出てきた女は、障子戸を抱くお杵を見て大きく首を捻った。

「あら、女の人じゃないか。どれ……」

お杵から障子戸を受け取ると、手際よく敷居の上に戻す。

「いつも、外れちまうのさ」

お杵は、女の顔を見ながら呆然としている。そして、ようやく我に戻って口にする。

「あのう、お静さんですか?」

「ああ、そうだけど。あんたは、誰だい?」

お杵が呆然としたのは、お静といった女は、七十歳を幾らか前にしたほどの老婆であったからだ。頭痛もちなのか、左右のこめかみあたりに梅干の皮が、膏薬みたいに貼りついている。その様を見れば、女の色気にはほど遠い。

「……まさか、こんな人を？」

「なんだね、まさかって？」

老いても耳はよさそうだ。お杵の呟きに訊き返す。

「いえ、こちらのことで」

それにしても、こんな老婆とかかわりがあるのが不思議であった。お杵は、それをたしかめようと、名を出すことにした。

「わたくし、尾張町で越三屋という呉服屋を営む佐久左衛門の妻で、杵と申します」

「なんですって！」

お静の驚く様は、顔面の皺を伸ばしたようだ。だが、すぐにその顔は平穏なものとなった。

「佐久左衛門さんの、お内儀《ないぎ》さんでしたか。ご主人様にはいつもお世話になってます」

「お世話とおっしゃいますと？」

「佐久左衛門さんというお方は、神様仏様みたいなお人でして……」

お静の口から、意外にも佐久左衛門の善行が語られようとしたそのとき。

「お静、誰かお客さんか？」

奥のほうから声がする。

「ああ、佐久左衛門さんのお内儀さんが見えてね」

「なんだと？　だったら中に入ってもらえばいいじゃねえか」

「そういうわけにも、いかないだろうよ。あんたが、病じゃ」

「そうか……ゴホッ」

咳き込む声が、お杵の耳にも入る。外での立ち話であるのが、お杵には得心ができた。

「ご主人さんですか？」

「ええ、一年ほど前から大病を患って……まだ、命があるのも佐久左衛門さんのおかげ」

戸口の前で話し込む二人を、井戸端からかみさん連中が見ている。

「ここでは話がしづらいですね。長屋の外にでも行きましょうか」

詳しく事情を聞こうと、お杵が誘う。

「そうしましょうかね。あんた、お内儀さんとちょっと出かけてくるよ」

「ああ、行ってきな」

表通りに出ると、適当な茶屋を見つけてお杵とお静は入った。

そして、佐久左衛門の事情がお静の口から語られる。茶を一口啜って、おもむろにお静の口が動いた。

「あたしたちは四年前まで……」

四年前は、日本橋本町でやはり越三屋と同じ呉服屋を商っていたという。

「えっ、日本橋本町で四年前っていうと……？」

「そう、あのとき潰れた坂島屋《さかしまや》はあたしらの店だったのですよ」

坂島屋のことは、お杵も話を聞いて知っている。

「ということは、寝ていたご主人は三津衛門《みつえもん》さんですか？」

「ご存じでしたかい？」

「はい。以前から、坂島屋さんのことは主人から聞いております。昔は越三屋のために、ずいぶんとお力を貸していただいたと、ことあるごとに感謝しておりました。ですが、ご不幸にもその後のことは、主人はちっとも話してはくれませんで……」

「あたしたちは、他人様の顔を見ることもできずで、黙って着の身着のままここに移り住んだってわけです」

坂島屋は、押し込み強盗に入られてからがけちのつきはじめで、反物の生地も粗悪品を扱うようになって、信用ががた落ちとなった。そこにもってきての、息子の放蕩である。とうとう家屋敷を抵当に金を借り、息子は女や博奕に入れあげる蛮行に奔《はし》った。

身代を育てるのに数十年の辛苦をともなったが、潰れるとなると一瞬である。夜逃げをした夫婦は、他人の目から隠れるようにして、浜松町の裏長屋に移り住んだ。

そのうちに、どこをどうして見つけたか、越三屋の佐久左衛門が突然に訪れてきた。

それからというもの、店賃だといっては五両。うまいものを食えといっては五両。亭主の薬代だといっては十両と、三津衛門とお静を支えてくれたという。

「あたしたちが、こうして暮らしていけるのも、佐久左衛門さんのおかげ。でも、あたしたちも大店を商ってきた意地がありますからね。お金をいただくのではなく、あくまでも借りているということにしていただいてるのです。こんな齢になりましたから、いつ返せるのか分かりませんが。ですけれど、借用書だけは書いているのです。いつも、夜に見えまして。そう、きのうも来て、五両貸していただきました」

「そうだったのですか」

浮気どころかまったく違う外出であったのだ。疑いをもった自分を恥ずかしく思うお杵であった。

「三津衛門さんをお大事に……」

茶屋から出ると、お杵は北へと道を取った。お静は長屋へと戻っていく。

翌日、お杵は武蔵野屋を訪れ、主の堀衛門と面会した。

「とってもよい陰聞き屋さんをご紹介いただきました」

「左様でしたか。ということは、すっかり解決なされたってことですな。あの十兵衛さんを頼っていけば、なんとかなるってものです」

堀衛門の喜ぶ顔が、お杵に向く。そして、さっそく十兵衛のところに箕吉を差し向けようと堀衛門は思った。


武蔵野屋の小僧箕吉から、お杵の依頼の首尾を聞いた十兵衛と五郎蔵は、してやったりの顔となった。

一仕事をこなし、卓を挟んで十兵衛と五郎蔵が昼酒を傾けている。

「やはり、お静という女は佐久左衛門さんのこれだったのだな」

五郎蔵に向けて、十兵衛が小指を立てて言う。箕吉からは、細かい経緯までは聞いていない。ただ、依頼人のお杵がずいぶんと満足をしていたことだけを、聞かされていた。

「このあとの、お杵さんとお静という女の対決が見ものですな。それにしても、これから佐久左衛門さんは、たいへんだ」

憐憫こもる、五郎蔵の口調であった。

何はともあれ、依頼人の意向は全うしたのである。陰聞き屋の責を果たし、ほっと安堵する十兵衛と五郎蔵であった。

「ところで、これをどうします？」

卓の上に置かれた、金色の財布に目がいく。行きがかり上、五郎蔵が返しそびれたものである。

「他人のものだから、返さんといかんだろう。おれたちが行くわけにもいかんし、ここは菜月か猫目に頼もうか」

二人は、今は出かけていない。

「それとなく、佐久左衛門さんの様子を見てきてもらいたいしな」

「ほんとに、他人の不幸というのは気になりますな。まあ、一献……そうだ、開店のために仕入れた酒が残りわずかとなってますが、十兵衛さんがみんな呑んだので？」

「拙者一人で、みんなは呑まんよ。なくなったら、また仕入れればよいではないか」

「ですから、今猫目に松竹屋さんに行ってもらってるのです。酒の注文を出しに」

「酒は、いつ届く？」

「急いでくれと注文してますので、今日中には……」

十兵衛としては、酒はどうでもよい。用があるのは、配達をする与吉と三太である。二人に頼んでいることがあるが、それがどうなっているかを早く聞きたく、十兵衛は昼酒まで呑んで、酒を早く減らしたかったのである。

十兵衛が、ほろ酔いとなったところに菜月が用足しから戻ってきた。

「あら、また昼間からお酒を呑んでる。あたしも一杯やろうかしら」

「いや、すまんがまた菜月に頼みたいことがある。これを越三屋の佐久左衛門さんに届けてもらいたいのだ」

と言って、菜月の前に金色の財布を置いた。

「分かりました。ところで、仕事の首尾はうまくいったのですか？」

「お杵さんは、大喜びだったらしいぞ」

菜月の問いに、五郎蔵が答えた。

「だが、これから越三屋の奥は修羅場と化すだろうな」

十兵衛がつけ加える。そして今しがた、二人で話したことを菜月に語った。

「お二人とも、他人様の不幸を喜んでいませんか？」

「そんなことはないよ。なあ、五郎蔵」

「そうですとも」

ぐっと一息、酒を呷《あお》って答える五郎蔵であった。

それとなく佐久左衛門の様子を見てくると言って、菜月は越三屋へと向かった。足の運びが弾んでいたところは、やはり菜月も興味をそそられているように見える。

五

まだ日差しのきつい八ツ半ごろ、松竹屋から一斗樽の酒が運ばれてきた。

配達人は、与吉と三太である。十兵衛は、うまか膳に居座り二人が来るのを待っていたのである。

「あれ、十兵衛さん。ここで何をしているのですか？」

まだ、開店前の店に腰を据え、酔っていそうな十兵衛に与吉が怪訝そうに声をかけた。

「何をしてるって、見れば分かるだろ。松竹屋の繁盛を、手伝ってやってるのだ」

と言って、ぐいっと酒を呷った。

「だいぶ呑んだな。きょうは、これぐらいにしとくか。ところで二人、そこに座れ」

はいと言って、与吉と三太は十兵衛の向かい側に座った。

「どうだった？」

「どうだったとは？」

いきなり訊かれ、与吉が問い返す。

「頼んでいたことだ。ほれ、お嬢さんの……」

「あっ、そうだ。そのことを早くお報せしなければと思ってました。なあ、三太」

「ええ、いいお方が……」

「なんだと？　なぜそれを先に言わんのだ」

「十兵衛さんが、いいお気持ちになってましたので」

あとは、十兵衛と与吉のかけ合いとなった。わきで三太がうなずき、与吉の後押しをする。

「まあいい。それで、どんな人が見つかった」

「齢は、六十歳を幾らか越えたあたりなんですが、お気が若そうで五十も半ばほどにしか見えません」

「ほう、適齢だな。それで、今は？　隠居か？」

「いえ、隠居ではありません。それが、今しがたお気が若いといったのも、うなずけます。なんといっても、草双紙《くさぞうし》の作者ですから」

「おや、なんと。それは、一風変わった仕事であるな。有名なのか、その草双紙の作者は？」

「それはどうですか。知る人ぞ知るってところかと……お名は、朧月南風《おぼろつきなんぷう》といいますが、十兵衛さんはご存じで？」

「いや、知らないな。あまり、本は読まんし」

あまりというより、ほとんど書物などひもとかぬ十兵衛である。草双紙の作者の名など、一人も知らないといっても過言ではない。

「その南風さんは独り身で、今嫁さん探しに躍起になってるようです。もしよろしければ、そのお方なんぞいかがでしょう？」

「いいんじゃないかな。それで、どんな人物だ？」

「ご面相のほうはあんまり芳《かんば》しくないのですが、なんといっても草双紙の作者だけに頭がいい。そして、誠実なところが取り柄でしょうか。とにかく、女の人に優しく男らしいって評判。博奕には手を出さないで、煙草は吸わず、女の人との浮いた話は一切ないようです。真面目が着物を着て歩いているような人で、そのお方の楽しみとは、お酒を呑むことだけらしいです」

いつぞや聞いた、お春の要望とすべからくが合致する。これは良縁になると、十兵衛は乗り気になった。

「どこに住んでるのだ、その南風さんとやらは？」

さっそく会って、話を進めようと十兵衛は卓の上に身を乗り出した。

「芝宇田川町《うだがわちょう》でして、七軒町《しちけんちょう》の居酒屋には毎夜のように顔を出すそうです。はい、その居酒屋さんの主から聞いたことですから、話に間違いないと思われます」

与吉はまだ十五歳だというのに、語りに澱《よど》みがない。

「それにしても、与吉の語りにはそつというものがないな」

十兵衛が、与吉を誉めそやす。

「はい、これも書物を読んでいるおかげでしょうか」

やはり、なんでもいいから本というのを読んでおかなければいかんなと、そのとき十兵衛は思った。

「南風さんが行く居酒屋は、なんていう名だ？」

「はい。おもろ茶屋っていいます。ご主人が上方《かみがた》から来た人で『……おもろいおもろい』などと言ってます。なんですか、面白いって意味だそうで」

「……おもろ茶屋か」

暗くなったらさっそく行ってみようと、十兵衛は思った。

「ああ、草双紙の作者がお婿さんに来たら、きっと楽しいだろうなあ」

与吉が、天井に目を向けながら言った。

「おい、与吉。そろそろ帰らないと……」

番頭さんに叱られると、それまで黙っていた三太が口を出した。

松竹屋の婿取りの依頼も、どうにかこなせそうだ。

陰聞き屋の順調な成り行きに、十兵衛はふーっと、満足そうな息をはいた。だが、それはそれでよいのだが、どうも仕事の内容が一つもの足りない。大願成就という、大きな宿命を背負ってはいるものの、それはそれとしてである。

「妾の家探しとか、婿さん探しみたいなのばっかりでは、どうも仕事に張り合いが出ないな」

十兵衛の口から愚痴がついて出たとき、ちょうど菜月が戻ってきた。

「何が、張り合いが出ないのですか？」

十兵衛の、終《しま》いのほうの言葉を菜月はとらえて訊いた。

「おう、戻ってきたか。暑い中、ご苦労だったな」

「いえ、忍びたる者、このぐらいの暑さなど……」

「そうだったよな。もっと、つらい修行をしてきたものな」

普段にない、しんみりとした十兵衛の口調に、菜月が首を傾げた。

「どうかなさったのですか？　張り合いがないとかなんとか言ってましたけど」

十兵衛が、菜月に気持ちの内を晒した。

「それは、仕事がうまくいってるからこそ、そういうことも言えるんでしょう。贅沢ってものですよ」

「それも、そうだ」

菜月のもの言いに、十兵衛はどれだけ得心できたか。

その夜、もっと気が滅入るような小さな仕事が十兵衛のもとに寄せられる。

熱く地べたを照らしていたお天道様が、ようやく西の山陰《やまかげ》に姿を隠すころ。

うす暗くなった道を、十兵衛は芝七軒町に向けて歩いていた。与吉が言っていた、戯作者朧月南風に会うためである。

「……与吉の話ではいい人そうなことを言ってたが、自分の目でもたしかめんとな」

独り言を口にしているうちに十兵衛は、おもろ茶屋と書かれた赤提灯の前に立っていた。

昼間の酔いが残っている。

「……あまり、呑み過ぎないようにせんといかぬな」

一言呟き、十兵衛は遣戸を開けた。

「いらっしゃいませー」

戸を開けたと同時に、若い女の黄色い声が飛んできた。

「お独りさまですか？　お好きな席にどうぞ」

十八歳ほどの娘が、十兵衛の顔を見ながら言った。客は六人ほどいて、三人連れが一組のほかは、みな独り客のようであった。

「お玉《たま》ちゃん、芋の煮っ転がしを一つくれねえか」

三人連れの一人が、お玉という娘に注文を出した。

「はーい。芋の煮っ転がしいっちょうー」

「へーい、おおきに」

お玉が厨に声をかけると、奥から上方弁が聞こえてきた。まずは、与吉の言っていたことが本当と知って、十兵衛は小さくうなずく。

朧月南風らしき男を探し、十兵衛はつっ立ったまま店の中を見回している。そこに、お玉の声がかかった。

「お客さん、どなたかをお探しで？」

「ああ。ちょっと訊きたいのだが、客の中に朧月南風って人がいるかな？」

「南風先生ですか？　きょうはまだお見えになっていないようですが」

「左様か……。ところで、きょうは来るかな？」

「さあ、来るかどうか。あたしは、南風先生と一緒には住んでませんので。先生のご贔屓《ひいき》の方ですか？」

「いや、そうではないのだが……」

見ず知らずの者が、縁談をもってきたとはさすがに言えない。

「でも、来るとしたらもうそろそろかしら」

と、お玉が言ったところで遣戸がガラリと音を立てて開いた。

「あっ。お客さん、噂をすればなんとかですよ」

お玉に耳打ちをされ、十兵衛が戸口のほうを見ると、歌舞伎役者が着こなすような派手な柄《がら》の小袖を着た男が立っている。小袖の柄をよく見ると、鎌の絵に、〇と

『ぬ』の字があしらわれている。『かまわぬ』と読ませ、団十郎《だんじゅうろう》だか菊五郎《きくごろう》が流行《はや》らせたものといわれている。

十兵衛の黒装束もある意味目立つが、南風の若作りもかなりなものだ。やはり、与吉が言っていたように、齢よりもよほど若く見える。顔形はともかく、体全体から生気が発せられ、独特の雰囲気が感じられると、十兵衛は初対面で思った。

お玉が、その南風に近寄り話しかけている。すると、南風の顔が十兵衛に向いた。

「お手前ですか？　わしに用があるといいますのは？」

上方弁が交じっている。

「朧月南風先生で……？」

「さいです。わしが、朧月南風ですねん」

生き様に自信があるのか、胸を反らして自らの名を語った。

「拙者は、菅生十兵衛……」

「おお、かの有名な柳生十兵衛……とはいいなはっても、かの剣豪は百年も前の人ですさかいな。さしずめ、十兵衛もどきってところですかいな」

「いえ、もどきではなく、本名であります」

もどきと聞いて、十兵衛は少しムッとしたが、柳生十兵衛の姿をそのまま真似れば、そう言われるのも仕方なかろうと、憤りは胸の奥へと収めた。

四人がけの卓が、一つ空いている。そこに、十兵衛と南風が向かい合って座る。

お玉に酒と肴《さかな》の注文を出して、南風が切り出す。

「ご用の筋といいますのは、なんですねん？」

世間話もなく、南風のいきなりの問いであった。

考えてもみれば、初対面の見ず知らずの男にのっけから『嫁さんどうだ？』などと訊けない。それも、婿養子としてである。そのとき十兵衛は、自らの迂闊《うかつ》さを心の内で嘆いた。

「いや、拙者は南風先生を贔屓にしておりまして……」

何気なく発した言葉で、十兵衛はまたまた冷や汗を掻くことになる。

「ほう、それはありがたいでんな。お一人でも多くの方にそう言われると、励みになります。ところで、手前の作品の中で何をお読みにならはりました？」

と訊かれても、十兵衛は本など手にしたことはない。戯作者と会うからには、一冊くらい読んでなければいけないというのに。いや、読んでなくても、題名だけでも知っておかなくてはならなかったのだ。

著名かどうか分からぬが、相手は人気稼業の草双紙の作者である。十兵衛は、昼酒の酔いの勢いもあって下調べもせず、すわとばかりに来てしまった。

「それは……」

もごもごと、十兵衛は口ごもってしまう。

「いやいや、別段かまいまへん。そういうお方は、たくさんおりますさかいな」

あははと、声に出して笑うところは、気を悪くしている風には取れない。

「手前の作品など、読んでいるほうが珍しいでっせ。名のほうを知っていただいてるだけでも、ありがたいってことです。いつかは読んでいただけましょうからな」

なかなか人物ができていると、十兵衛はまずは取った。

「それで、拙著のことでないとなると、どんなことですやろ？　そうか、十兵衛さんも戯作者になりたいとおっしゃいますのか。お武家さんにしては珍しいでんな」

「いや、そうではなく……」

十兵衛は、ここで肚《はら》を決めた。仕事の話としてもち出せば、決しておかしなことではないと自らに言い聞かせる。

「拙者、陰聞き屋という商いをしておりまして……」

「ほう、商人はんでしたか。そんな姿には見えませんな。して、陰聞き屋というのはどないな商いなのでございます？」

上方弁独特の、語尾が上がる口調だ。だんだんと、調子に乗ってきたなと、十兵衛はほっと一息ついた。

「陰聞き屋といいますのは、他人様の相談ごとを……」

そして、陰聞き屋がなんたるかを説く。

「なるほど、そないな商いがあるのでんな。けっこういい話の材料が聞けそうですわ。今後とも、よしなにお願いします」

南風は、十兵衛の仕事に興味をもったか、卓の上に身を乗り出してきた。徐々に息も合ってくる。

「お待ちどおさまでした」

そこに、お玉の声がかかる。

「どうぞ、ごゆっくり」

二合徳利と酒の肴をおいて、お玉は離れていった。

「ええ。そんな仕事に携わっておりますと、いろいろなことがありますぞ。さあ、一献」

と言って、十兵衛が酌をする。南風からも返され、酒のやり取りがはじまった。

「先だってなどは、ある大店が乗っ取られそうになった窮地を救ってやりました」

「へえ、乗っ取りの窮地をですかいな。それはいかにして……？」

南風の気持ちを解きほぐすため、十兵衛はそのときの経緯を語った。

「悪い旗本がおるのですな。そういう人は、手前の話にはもってこいでおます。いただきましょう」

どうやら南風は、十兵衛の話を種にして、物語を作るようだ。

六

初対面とは思えないほど、話が弾んできた。

十兵衛は、このへんが切り出しどきだと、手にする猪口《ちょこ》を卓の上に置いた。

「南風先生は、まだお独りの身のようで……」

「さいです。老後のことを考えると嫁を娶《めと》りたいのだが、手前はあまり女にもてまへんのでな」

「そんなことは、ないでしょうに」

十兵衛が、半分世辞めいたことを言って慰めたのだが。

「まあ、若くてかわいく、聡明で元気があり、優しくて思いやりが気持ちにこもり、気立てがよくてな、体が丈夫。そして、わしのことをこよなく好きになってくれてな、末永く相手にしてくれそうな女子《おなご》を探し求めておりますんやが、なかなかおらへんで……」

　南風の齢と面を見れば、そのような女が嫁に来ること自体考えることからして間違いだと、十兵衛でなくても思うところだ。

「まあ、なかなかおらんでしょうな」

「そんなんでな、わしも間口を広げようと思ってるのです。そうでないと、どんどん齢を取って、婚姻にはますます不利になってくるさかいな」

　そう考えてもらっていれば、十兵衛としては都合がいい。

「そこで南風先生に、いい縁談があるのですが。拙者は今、そんな仕事を頼まれてましてな……」

「そんな仕事とは、なんだんねん？」

「誰かいい婿を探してくれないかと。それで、南風先生がお嫁さんを探していると聞きまして……」

「それで、手前に会いにきたと言いはりますのか？」

「左様でございます」

ここまできてようやく十兵衛は、自分の用がなんであるかを、明らかにすることができた。

「ほう、それほど気立てのよろしいお嬢様がおるのかいな。いったいどこにおりますねん？」

南風のほうも、乗り気になってきたようだ。

「ええ、お嬢様と申しましても四十五歳になるのですが、一度婿を取り……」

「……四十五歳で婿を取った？」

南風の呟きは、今しがた聞いた十兵衛の話の中に出てきたことによるものであった。

「それってのは、もしかしたら……」

「はい、今話しました、金杉橋の酒問屋松竹屋のお嬢さんでして」

「ほう、やはりですかいな。少々薹《とう》が立っておりますなあ。本来なら、もう少し年下を望んでおりましたのですが……」

「贅沢《ぜいたく》を言っちゃいけないでしょう。それでも、二十近くは年下なんですぞ……」

十兵衛は、話をしていていささかめげる心持ちとなってきた。瘦せても枯れても武士たる者が、口角泡《こうかくあわ》を飛ばして語ることでもないと。それでも十兵衛を奮い立たせたのは、あと金五両の報酬であった。

これは、無理にも押しつけなくてはいけない。

「若い拙者らからすれば、四十五歳となれば、それは年増も年増の、大年増です。ですが、南風さんからみればかなりの年下。ところで、十八歳のころは何をしてました？」

「十八のときかいな？」

天井の長押《なげし》あたりを見やり、思い出している風である。

「そうでんな、あのころは上方《かみがた》で遊びまくってましたなあ。天満《てんま》の鉄火場《てっかば》にも出入りし、よく博奕も打《ぶ》っておったな。一つ間違えれば、やくざの道に入っていたかもしれまへん。今ではそんな無頼であった体験が、役に立っているのでおます」

昔の自分の姿を思い浮かべたか、南風はしんみりした口調で言った。

かなり浮名《うきな》を流していたのだろうが、そういう男ほど歳がいって丸くなり、人物に幅《はば》ができる。南風はそんな男の典型だと、十兵衛は取った。

「考えてもみてくださいよ。お相手は、南風先生がそんなことをして、遊んでいたときに、おぎゃーと言って生まれたんですよ。ものすごい、歳の差でしょう」

十兵衛は理屈を言って説く。目の前にいる男を、ぜがひにも松竹屋のお春のもとに送り込んでやるとの意気込みであった。

――自分でも、よくもこういうことが言えるな。

と、十兵衛は我がことながら呆れ返る気がしていた。

「なるほど、それも道理でありますなあ。ほな、分かった。あとは十兵衛さんに任すとしますかいな。お春さんか、よい名でおますな」

とんとん拍子に話がいって、南風は松竹屋の婿に入る気になったようだ。ただし、草双紙の作者の仕事はずっとつづけるとの条件つきであった。

あとは、お春の同意を取りつければよい。

「この一月《ひとつき》ほどの間は忙しくてな、今やってます仕事を済ませてから、お会いいたしましょ」

一日でも早くと十兵衛は考えていたが、無理を言って心変わりされても困る。ここは南風の申し出に譲歩することにした。

「それでは、明日にでも松竹屋さんに出向き、南風先生のことをお伝えしておきます。それでは、きょうのところは……」

と言って、十兵衛は懐から巾着を出しお玉に勘定を支払おうとしたところを、南風から止められた。

「これは、手前が払いますわ。世話を焼いてもらうのですさかいな、当たり前のことでしょ」

なかなか気前のよい男だとも取れる。

「それでは、ありがたく……」

こういうときは、おとなしく従うのも相手への礼儀である。

たいした人物だと十兵衛が思い、礼を言って出ていこうとしたときであった。南風に近づき、話しかける男がいた。三十歳前後の職人風の男で、気安く接するところは、かなり親しい間柄と感じられる。

その男と二言三言話をすると、南風の顔が十兵衛に向いた。

「十兵衛はん……」

そして、十兵衛を呼び止める。

遣戸を開けて、外に一歩踏み出すところであった。名を呼ばれて立ち止まると、そのまま体を反転させた。

「今、拙者のことを呼ばれましたか？」

「へえ。ちょっいと来ていただけませんか」

と、南風が手招きをする。その傍らには、苦虫を嚙み潰したような渋面《じゅうめん》の男が立っていた。

十兵衛が引き返し、再び南風と向かい合って座った。南風の脇に職人も座り、うな垂れている。

「十兵衛はんはな、陰聞き屋といって他人の相談ごとを聞き入る商いをしている。政《まさ》吉《きち》も相談をしてみたらどないや？」

「でも、他人に相談などと、そんな大それたことでもないですし……」

政吉といった職人が着る半纏の襟には、植木屋の屋号が白く染め抜かれていた。

十兵衛は、黙って二人の話に耳を傾けている。

「こんなみっともねえこと、他人になんか話せませんよ、南風先生」

「だが、誰かに頼らないと、どうにもなりまへんのやろ、政吉」

「あのう……」

二人の話を黙って聞いていては埒《らち》があかんと、十兵衛は話の中に遠慮がちに加わった。

「見受けたところ、政吉さんは植木の職人さんで？」

十兵衛が、政吉のほうを向いて訊く。

「へえ……よく名をご存じで」

「幾度か南風先生の口から出ましたのでな。それで、何をお悩みで？　そうそう、他人には打ち明けられぬ内密な相談を引き受けるからこそ、陰聞き屋と申すのです。口が固いのは、言うにおよばずといったところですぞ」

　ここで十兵衛はふと考えた。相手は植木職人である。松竹梅の価格割りを出してよいものかどうかを。解決まで請け負う松ともなれば、元決め一両である。それだけの値を出せるのか。相談の中身にもよるが、それは成り行きによって変えてもよいと、十兵衛は判断した。

「だけどねえ、こんなみっともねえこと、てめえの口からはやっぱり言えねえ」

「どうしたというねん、政吉。わしには話したではないかいな」

「ちょっと、口が滑って言っただけでしょうが」

「そやけど、政吉の気持ちはわしにも痛いほど分かるさかいな、ここでこうして相談に乗ってやっているのでおまへんか。わしがなんとかしてやりたいが、あれだけはわしにもどうにもならんさかいな。ここは一つ、十兵衛さんを頼ったらどや？　この人なら、あんなもの怖くはあるまいよってにな」

「仕方ねえ、そうしやすかい」

　ようやく政吉の決心がついたようだ。十兵衛は、これは仕事になると卓の上に身を乗り出した。

「実は、あっしは植木の職人なんですがね……」

そのあとの言葉がつづかないが、どうやら、政吉の仕事にかかわることだけは分かる。

——植木職人の、仕事での相談ごととは？　そういえば、あんなもの怖くはあるまいと言ってたな。

十兵衛なりに、あれこれと考える。

「まったく、いらいらしまんな。だったら、わしから言うたるさかい……」

そして、南風の口から、こんなことまでという些細な相談がもち込まれる。

「こいつはね、十兵衛はん。植木屋のくせして、こいつが大嫌いなんですわ」

言って南風が、腕をくねくねさせる。

「なんですか、それって？」

「ほれ、気持ち悪いの……」

南風の、手首の先が鎌首の形となった。

「えっ、それって蛇のことですか？」

「ああ、そうですねん。この政吉、植木屋のくせしてそいつが大嫌いってことですわ。

わしも嫌いやけど、植木屋の職人がそんなんではなあ。あとは、政吉の口から詳しく話しなさいな」

「へえ、実は……」

ある大名屋敷の裏庭にある植木を剪定《せんてい》していたところ、体長七尺以上もある大きな青大将が出てきた。それを見て政吉は震え上がり、その後の仕事が手につかなくなったという。政吉が一人で任された仕事なので、その先がはかどらずどうしようかと苦悶しているところだと、政吉は語った。

「なんだ、そんなことでかいなと、馬鹿にする輩は大勢おります。しかし、こればかりはどうにもならへん。嫌《いや》なものは嫌だから仕方がおまへんやろ」

南風が、政吉のあと押しをした。

「ようく分かります」

十兵衛が大きくうなずいて返した。実は、十兵衛も蛇は苦手な部類であった。だが、忍びの手前、口に出して言ったことはない。だから、草むらはあまり歩かないようにしている。

「でしたら、なぜにお仲間に相談しないのです？」

十兵衛が、怪訝そうに問う。

「そんなこと、あんた。植木職人ともあろう者、みっともなくて言えまっか？」

南風が、我がことのように言った。

「それで、拙者にどうしろと？」

「一緒に行って、退治してくださいな」

政吉からの、直《じか》の依頼であった。

――こうなると、なんでも屋だな。

陰聞き屋というよりも、よろず相談承りのほうだと、十兵衛の気もめげる。こういう仕事では、松で請け負っても一両は取れない。

「手前どもの、料金の取り決めは……」

十兵衛の口から、松竹梅の説明がなされる。

「青大将一匹とっ捕まえただけで、一両ですか？」

それは高値だと、南風と政吉の呆れた顔が向いた。

「でしょうなあ。拙者らも、それだけで一両とは……。でしたら、こうしましょう。その四分の一で、一分というのでは。拙者も、若い衆《し》三人の面倒をみないといけませんしな」

価格を見積もるとき、十兵衛は必ず言いわけを添える。

「他人《ひと》が動くのですさかいな。一分で仕方あらんところでっしゃろ。仲間に相談できなければ、ここは金で解決をせんとあきまへんな」

南風も、政吉の説得に動く。

「分かりやした。あっしも仕事を引き受けた手前、損をしてもやり遂げなくてはなりやせん。一分を出しやすんでお願いできやすか」

「引き受けましょう。あしたにでもさっそく」

この仕事は、五郎蔵か猫目に任そうと、十兵衛は思っている。あの二人なら、あんなものなんてことない。五郎蔵などは、蝮《まむし》の蒲焼きを食するぐらいだ。

「それで、どこのお屋敷であろうか？」

「へい、下総《しもうさ》は佐原藩の上屋敷で……」

「えっ？」

十兵衛の顔に、驚きの色が一瞬見えた。

「どうかなさりましたんか？」

南風が、十兵衛の一瞬の変化を見逃さずに問うた。

どうかなさったかどころではない。藩主の松山宗則は、仙石紀房の碁敵《ごがたき》で今猫目にそこを探らせているところだ。なんたる偶然と驚くものの、そこは腹の内をひた隠しに隠す。

「いや、なんでもござらぬ。して、落ち合う刻限を決めておかねばな。一緒にだったら、お屋敷に入れるのであろう？」

「へえ、手伝いってことで……」

朝五ツに、門前で落ち合うことで段取りはついた。

十兵衛の頭の中には、もう青大将退治のことはこれっぽっちもない。いとも簡単に、佐原藩の屋敷の中に入れるのだ。だが、その先の策が思い浮かばない。佐原藩への接近の目的は、囲碁の日取りを知ることにある。

――どうして日取りを知ることができよう。

十兵衛は、顔色を変えずに思いに耽るのであった。

七

十兵衛は、自分の塒《ねぐら》がある露月町を通り過ぎ、源助町のうまか膳へと向かった。片割れから、少し膨らんだ月が上天に浮かんでいる。十兵衛がふと、月を見上げたとき、宵五ツを報せる鐘が、増上寺のほうから聞こえてきた。

「……もう、こんな刻になるのか」

東海道に通じる目抜き通りも、宵の五ツともなればめっきり人の通りが少なくなる。江戸八百八町の灯りがそろそろ落ち、人々は眠りに入るころである。

だがこの日は、蒸し暑い夜であった。昼間の熱気が夜になっても残り、寝そびれた人々が涼みにと、外に出ている姿がちらほらと見られた。

いつしか十兵衛は、先だって会った大諸藩士が越三屋の佐久左衛門を脅した辻までやってきていた。

「……ここらであったな」

あの一件のおかげで、いろいろなことが分かってきた。

——すべからくの偶然が一団の流れとなって、おれたちのほうに向かっているような気がしてならない。

と、十兵衛は思う。

「……これは、亡き殿の無念がそうさせているのであろう」

このたびの、青大将退治の仕事が佐原藩となれば、もうそうとしか言いようがない。十兵衛は、背中に貼りつく重みを思いやると、ぶるっと一つ体に震えをもった。

十兵衛の帰りを待ちわびているのか、うまか膳の明かりはまだ灯っている。

る。

遣戸はなんなく開いた。

「まだ起きていたのか?」

と言いながら敷居を跨《また》ぐと、菜月が独り、洗い髪をさらして樽椅子に腰をかけてい

「お帰りなさい。今、裏の井戸で髪を洗ってたものですから。ああ、涼しい……」

「菜月の髪は短いから、洗うのが楽でいいな」

「はい。みなさんも島田なんか結《ゆ》わないで、こういう髪にすればよろしいのにねえ」

「ああ、そうだな。ところで、五郎蔵と猫目はどこへ行った?」

「なんですか、夕涼みでもしてくると。おっつけ戻ると思いますが」

「そうか。早く戻らんかな」

「何か、ございました?」

十兵衛の、首を長くして戸口を見る様子に、菜月は興味深げに訊いた。

「いや、二人が戻ったら話すがな、偶然てのはすごいものだな、菜月。これも、亡き殿のお導きかもしれん」

「まあ、どんなことがあったのかしら」

早く聞きたいと、菜月が身を乗り出してくる。

「同じことを二度話すのも嫌なので、二人が来てからにしてくれ」

機嫌の悪そうな口調ではない。それだけに、菜月は早く知りたい思いに駆られるのであった。

「ところで、佐久左衛門さんの様子はどうだった？」

財布を届けたあとの、越三屋夫婦の一悶着にみな興味をもっている。財布を返しに行かせがてら、菜月にその様子を探らせたのだ。

「いえ、どうってことも。ただ、ご苦労さんとだけしか」

「それだけかい？」

がっかりするような、十兵衛の口調である。

「それで、あとからお内儀さんが顔を出しまして、財布が戻ったのをたいそう喜んでおりました。『あなた、よかったですね』なんて、言って。それは、仲が睦まじかったです」

「へえ、おかしいなあ」

と言って、十兵衛が首を捻る。お静という女の素性までは知らない十兵衛たちが、お杵に悋気《りんき》がないのを不思議がるのは無理もない。

「まったく、他人の夫婦ってものは分からんものだな。もうこの話は……」

ここまでにしておこうと、十兵衛が言葉を添えようとしたところであった。

ガラリと、遣戸が音を立てて開く。

「ただいま……」

と言って、五郎蔵と猫目が着流しの胸を広げ、パタパタと団扇《うちわ》で扇ぎながら入ってきた。

「まったく、今夜は蒸しやがる。おっ、十兵衛さん帰ってきてたのですかい」

五郎蔵が、団扇の扇ぎを止めて言った。

「ああ、ちょっと前にな。またまた聞かせたい話があるので、来てしまった」

「五郎蔵さんと猫目が戻るまで、あたしは待っていたんですよ」

待ちきれなかったと、菜月は焦《じ》れた心の内を言った。菜月の口ぶりに、五郎蔵と猫目の眼《まなこ》に光が宿る。

「ほう、どんな話を仕入れてきましたかい？」

「面白い話なんでしょうねえ」

五郎蔵と猫目が、立てつづけに問う。

「酒はもういいから、話を聞いてくれ」

昼間から呑みっぱなしの、十兵衛の胃の腑は弱っている。ここは、酒抜きでいくことにした。

「それにしても、またもこんなことがあるなんて……」

もったいぶった言い回しから、十兵衛の語りは入る。

「まったく世の中は、不可思議なものだ」

ぶつぶつと、独り言のように喋る十兵衛に、三人の焦れる目が向いた。

「そんな、自分だけ感無量の境地に浸《ひた》ってないで、早く話を聞かせてくださいな」

ずっと、我慢を強いられている菜月が、十兵衛をせっつく。

「まあ、話ってのには順序があるから、そう急《せ》かすな菜月。ところで……」

と言ったまま、十兵衛の言葉は止まった。どうやら、ここにきて酔いがぶり返してきたようだ。三人を焦らしている様子は、十兵衛の戯《たわむ》れか。

「ところでってなんです」

五郎蔵が、強い口調で問う。

「そう、急かすな。言いたいことを忘れてしまったではないか。そうだ、五郎蔵と猫
目はこいつが好きか？」

言って十兵衛は、片腕をもち上げくねくねさせた。

「なんですかい、それは？」

猫目が問う。

「これか……」

と言って、手首の先を鎌首の形にする。南風が、先刻やったのと同じ仕草であった。

「それってのは、蛇ですか？」

「そうだ、よく分かったな」

なぜ、ここで十兵衛は蛇の話をするのかが、三人には解《げ》せない。互いに顔を見合わせて首を捻った。

「好きかと訊かれりゃ、そんなに好きではありませんが。別にどうというものでもありません」

猫目が、不思議そうな顔をして答えた。

「ですが、どうしてそんなことを訊くんで？」

五郎蔵の口調に、いい加減にしろといった思いが宿っている。

いつまでも、こんなことをしていても切りはない。

「よし、それではまともに話をするとしようか」

ようやく十兵衛の語りは、本筋のほうに向いた。

朧月南風の縁談話はあと回しにして、十兵衛の語りは植木職人政吉のほうに向いた。

「……っていうことなのだ」

芝七軒町の居酒屋おもろ茶屋で交した話を、十兵衛はほとんど漏らさずに語った。

「なんですって、佐原藩の裏庭にいる七尺の青大将を退治するだけでいいのですかい？」

「ああ、そうだ。それで、猫目に任そうと思ってるのだが、できるか？」

「そりゃ、どうってことないですが……」

「できるかってのは、蛇の退治ではないぞ」

「へえ……」

猫目の様子が、考える風となった。囲碁の日取りを探ろうと、先日、猫目は佐原藩上屋敷の在処をたしかめたのだが、その先をどうしてよいのか分からず、手をこまぬいていたのだ。そこにきて屋敷の中に侵入する、ちょうどよい手立てができたのである。

「そのあと、どうしましょうか？」

「ここはしばらく、政吉の手伝いをしてやるのだな」

「でも、青大将を捕まえたらそこで仕事が……」

「何を言ってる猫目。一匹捕まえたからといって、そいつだけとは限らんだろう。なん匹いるか分からないと言えば、政吉は猫目を離さんだろうよ。その間に、それとなく囲碁の日取りを探ってくれ」

「分かりました。なんとかしましょう」

「なんとかでなく、必ずだ。仙石紀房が佐原藩を訪れるときが、決行の日であるからな」

十兵衛の口から決行と聞いて、三人の両手が拳となった。

「それとだ、猫目。蛇を捕まえても、殺すのではないぞ。どこかの草むらにでも、逃がしてやりな」

「それも分かってます」

十兵衛の話をおぼろげに聞いて、猫目の頭の中は日取りを探ることで一杯になっていた。


そして翌日。

朝五ツより少し前、十兵衛と猫目は佐原藩上屋敷の正門から、少し離れたところに立った。

佐原藩上屋敷は、増上寺御成門《おなりもん》の北手にあった。愛宕下《あたごした》大名小路では南に位置する。

ちなみに、大名小路を北に八町行くと、飯森藩皆川弾正の上屋敷がある。だが、そこには今、弾正はいない。国元に戻っているからだ。

まだ政吉は来ていないようだ。

猫目の形《なり》は動きやすいようにと、忍び用の黒のたっつけ袴に職人用の袖なし肌掛けである。少しでも、植木職人に見えるようにと、豆絞りの手拭いで捻り鉢巻をして用意は万端である。

「……遅いな」

十兵衛が呟いたそのとき、うしろから声がかかった。

「十兵衛さん……」

政吉が、刈り込み鋏《ばさみ》などの道具が入った袋を肩に担ぎ、十兵衛と猫目の前に立った。

「この男が青大将を退治する、猫八《ねこはち》……」

猫目とは、仲間内だけの通り名である。表では猫八と名乗った。

「猫八です、よろしく」

「こちらこそ……」

互いに挨拶を済ませ、猫目と政吉は佐原藩上屋敷へと向かう。

十兵衛は、猫目が屋敷内に入れたのを見届けてからその場をあとにした。そして、その足を金杉橋に向ける。

金杉橋といえば、松竹屋である。草双紙作者朧月南風を、お春の相手に薦めるためであった。

八郎次郎左衛門の部屋で、十兵衛は父娘と向かい合う。

「……いかがでございますかな、南風さんてお方。なかなかの人物でございましょ。そんじょそこいらにはおりませんぞ、これほどの男は。まさに、お春さんのおめがねに適ったお方といえますな」

これでもかと、十兵衛は南風を褒め称える。朧月南風の人柄をひと通り語り、言葉をおいた。

「朧月南風なら、わたし知ってる。大人向けの草双紙を書いている人でしょ。たしか、上方では売れないといって江戸に出てきた人……」

黙って十兵衛の話をずっと聞いていたお春が、身を乗り出すように言った。

「お春はずいぶんと詳しいな」

父親の、八郎次郎左衛門が驚く顔をお春に向けた。

「お春さんは、南風先生のことをよくご存じのようで？」

「いえ、一度も会ったことはないけど、草双紙は幾つか読んだことがあります。そうねえ『夢枕浮世絵巻』なんてのが面白かった」

「お春はそんなものを読んでいたのか」

題名からして不埒《ふらち》なと、八郎次郎左衛門の娘を蔑む顔が向いた。

「そんなものってね、あたし四十五よ。そこいらの小娘みたいに言わないでよ。それと、お父っつぁん。ああいうものを書く人《ひと》って、とても頭がいいのよ。多少顔などまずくたって、あたしそういう男大好き」

どうやら、十兵衛の話だけでお春は南風のことを気に入ったようだ。

「だが、相手は六十を超した、わしと同じほどの爺さんだぞ」

「でも、同じほどの齢だといっても、気持ちはずいぶんと若そう。それに、齢なんてどうだっていいし……。ねえ、十兵衛さんぜひとも紹介して」

体を横に振り振り、十兵衛に嘆願する。声も幾分か鼻にかかって、熟した女の色香を放出させているようだ。

「はい。もとよりそのつもりです。ですが、南風さんは今仕事に追われ、お会いできるのは、およそ一月後と……」

「はい。それまで、わたし待つわ。いつまでも待つわ」

俗曲の一節を、節までつけて口ずさむ。お春はまだ見ぬ男に、話だけでぞっこんとなった。

「ならば分かった。お春がそれほどまで言うなら、きちんとした見合いの席を設けよう。十兵衛さんは、その仲立ち人になっていただけますかな?」

「僭越《せんえつ》ながら、拙者でよければ……」

「そうとなったら……ちょっと待ってくださいよ。今、暦《こよみ》を見てきますから」

暦は店にかかっていると、八郎次郎左衛門は立ち上がって部屋から出ていく。

「ああいう、草双紙の作者って女の人にもてるのでしょうねえ。ほかの女になびかないかしら?」

「女にはもてたことがないから、今まで独り身でいたのだと言っておりましたぞ。それと、身持ちが固そうだし、安心していていいと思いますよ」

「だったらいいけど。ほかの女に目を向けたら、あたし……」

——まだ見ぬ男にこれでは。

意外と嫉妬深いと、十兵衛は思った。

「この日が見合いによろしいですな」

部屋に戻る早々、八郎次郎左衛門が口にする。

「来月は、文月《ふづき》五日の日取りがよろしいようで、そこでいかがですか？　およそ一月後ですし」

「よろしいのではないでしょうか。七月の五日……」

十兵衛は、その日を頭の中に叩き込んだ。

「見合いの席と刻限は、手前のほうに任せていただけますかな？」

「それは、もう。よろしくお頼みいたします」

「ならば、追ってお知らせするとしましょう」

「お相手の、南風先生にもしかと伝えます」

とんとん拍子に話は進む。

「くれぐれも、仲立ちお願いしますよ。これがうまくいったあかつきには、あと金の五両のほかに、仲立ち料として五両加えましょう」

「と言うと、都合十両でありますかな？」

「左様です。十両では、不服で？」

「いや、とんでもござらぬ」

両手を振って、八郎次郎左衛門の問いを十兵衛は打ち消す。会ったこともない相手同士が惹かれ合う。もう、ほとんど決まったような縁談であった。あとは、南風に見合いの日取りを知らせるだけで、当座は十兵衛の役目は終わる。

——手離れがいいとは、このことだな。

あとは、当日二人を引き合わせるだけである。十両の仕事がこんなにも簡単なものかと、十兵衛は外に出てからほくそ笑んだ。

第三章　侵入の手立て

一

金杉橋の松竹屋を出た十兵衛が、朧月南風の住まいに向かったそのころ。

佐原藩上屋敷の裏庭では、猫目がでっかい青大将を探して植えた樹木の間を動き回っている。蛇に遭遇する恐れからか、政吉は腰を引かせながら、剪定鋏で木の枝を切り落としている。

「どこにもいないな。暑いから、土の中に潜《もぐ》り込んだのかな？」

昼近くになって、猫目が額の汗を拭いながら言った。

「ずっと、土の中に潜って出てこなければいいんですがねえ」

それほどまで、蛇が嫌いな政吉である。

「いや。そのうちに、あそこの池に水浴びに出てきますよ。あんな長い体だって、咽《の》喉《ど》が渇きましょうからね」

猫目が指を差すほうに、周りを三波石《さんばせき》で囲った池があった。およそ、五十坪ほどある大きな池は満々と水を湛え、真鯉や緋鯉が悠々と泳いでいる。そこに青大将が、水遊びに来ると猫目が言った。

「いやなことを言わないでくださいな。猫八さん……」

顔をしかめて政吉が言ったところだった。切り落とした枝の下で、がさごそと音がする。

「うわっ、出やがった」

三尺飛びのき、政吉はぶるぶると震え出した。

「はっ、早く、捕まえてくれ」

政吉が顔を真っ青にして、拝むようにして猫目に乞う。

「どれ……」

猫目が近寄り、震える政吉の足元を見た。重なる枝の下で、やはり何かが動いている。

切り落とした枝をどかす前に、猫目はもっている頭陀袋《ずだぶくろ》を広げた。鎌首をとっ捕まえて、袋の中に収めようとの魂胆であった。

「やろう、出てきやがれ」

敵愾心《てきがい》をむき出しにして、猫目が落ちていた枝を勢いよくめくった。すると――。

「わん」

枝の下から出てきたのは、白と黒の長い毛で覆われた、小犬の狆《ちん》であった。

どうしたものか、何かに脅えているとみえて小さな体をぶるぶると震わせている。

「おい、どうした?」

怪訝に思い、猫目が声をかけるも返事をするはずがない。

「ねっ、猫八さん……」

目を瞑《つむ》って政吉が指差すほうに、でっかい青大将が鎌首をもたげている。その目は狆のほうに向いている。どうやら、小犬を獲物と睨んでいるようだ。

「こいつは、いかん。狆が食われてしまう」

咄嗟《とっさ》に猫目は狆を拾い上げると、政吉に預けた。

「ちょっと、抱いててくれ」

狙った獲物を横取りされたら、青大将だって面白くない。さらに鎌首を高くして、猫目を睨みつけた。口から、二つに割れた赤い舌を出して、威嚇する。

「思ったより、でかいな」

七尺はゆうに超える、それは蟒蛇《うわばみ》ともいえるほど、よく育った大蛇であった。

「……これじゃ、小犬などひと呑みだな」

猫目と大蛇の、一騎打ちとなった。猫目が、横に回り込もうと体を動かす方向に、青大将も鎌首を動かす。

「あの鎌首さえ捕まえれば、こっちのものだ」

猫目がすきをうかがい、さらに回り込む。だが、青大将は器用にも、長い体を活かし、とぐろを巻いて対峙する。

——あんな野郎に、とっ捕まって堪るか。絞め殺してやる。

と、青大将が思っているかどうかは、なんとも知れない。だが、畜生だってなんだって、捕まって殺されるのは嫌なものであろう。青大将が、抗《あらが》う態勢を取った。

——こっちから先制攻撃を仕掛けて、野郎の体に巻きついてやれ。得意技の、大蛇捻《ひね》りだ。絞め殺してやらん。

とばかり、鎌首を大きく反らすと、反動をつけ猫目に襲いかかった。

まさか、相手から攻撃を仕掛けてくるとは思ってなかった猫目は、飛びのくのが一瞬遅れ、片方の腕に絡まれると、幾重にも巻きつかれた。

——いかん、体に巻きつこうと思ったが、腕になってしまった。どうもこのところ、太りすぎで体が重くなったせいか動きが鈍くていかん。

攻撃の的が外れたといっても、先手を制したのは青大将である。

——腕でも仕方あらん、へし折ってやれ。どうだ、これでまいったか？

有利な体勢にもち込んだ青大将は、全身力を込めた。得意気な目が猫目に向く。

「うぬ、先手を取られた」

こいつはまずいと、片方の手で首をつかみ振りほどこうとするが、青大将はさらに力を込めて、腕を絞めつける。

絞められた猫目の手先は痺《しび》れをもち、やがて紫色に変わってきた。

「こいつは、まずい」

猫目の額からは、大量の汗が噴き出している。炎天下であるのもさることながら、滴《したた》り落ちるのは脂汗《あぶらあせ》であった。

——これでもか！

と、青大将は無言でさらに力を込めた。

これ以上絞められたら、血が回らずに猫目の手先は壊疽《えそ》に陥る。腐敗してなくなるってことだ。

十兵衛からは、殺さずにどこかの草むらに放てと言われている。そのために、猫目は得物をもたずに、素手で対処しようとしたのであった。

「……ここは、仕方がないか」

殺生はなるべくならしたくないが、自分の片手がなくなると思えばそうも言っていられない。

「政吉さん、草刈鎌を貸してくれ」

息も絶え絶えに、政吉のいるほうに猫目は手を伸ばす。政吉のもつ道具箱には、草を刈る鎌も入っている。

だが、猫目と青大将の死闘に、政吉は脅えきって願いが耳に入らない。五間も遠くに離れたところで狆の小犬を抱いて、ぶるぶると震えているだけだ。

「ああ、しょうがねえな」

大声を出そうにも、意識が遠のきかけて声が発せられない。万事休すと、猫目が思ったときであった。

「わんわん、きゃんきゃん」

狆が、政吉の手から飛び降りると、大蛇に向かって吠え立てた。しかし、近づくのが怖いのか、遠く五間離れての威嚇であった。これでは、大蛇に脅しは効かない。

そのとき、屋敷の外廊下を伝って、足音が聞こえてきた。

「おお、斗斗丸《ととまる》、ここにいおったか」

頭を金きらの簪《かんざし》などで飾った、十八前後と見られる姫様が、三人の腰元を伴いやってきた。斗斗丸という名の、狆の鳴き声を聞きつけ駆けつけてきた飼い主であった。

「どうしたというのだえ？」

姫様が斗斗丸に話しかけても、わんわんと吠えるだけである。姫様の目は、斗斗丸だけに向いていた。

「篤姫《あつひめ》様、あそこをご覧あそばせ」

腰元の一人が、猫目と青大将の死闘に指先を向けた。

「おや、あの者何をしておるのだえ？」

「篤姫様、あの者の手には……」

と言って、腰元の一人が絶句する。

「おお、大きな青大将だのう。腕を絞められておるではないか。これはいかん、誰か助けておやり」

助けておやりと言っても、腰元だって皆腰が引けて目を背《そむ》けている。

「姫様ですか？」

政吉が、廊下に立つ篤姫に声をかけた。

「そうじゃ」

「あの犬が……」

「犬ではない、斗斗丸じゃ」

「斗斗丸が……」

「様とおつけ」

猫目が窮地に陥っているというのに、悠長な会話である。

「斗斗丸様が、あの蛇に襲われようとしたのを、あの男が助けようとして……」

あんなことになっているのだと、政吉が訴える。

「なんじゃと！　あの者は斗斗丸の命の恩人というのか？」

その間も、猫目は大蛇捻りの技を解こうと必死であった。だが、何重にも巻きついた青大将は、さらに長い体全体に力を入れ容易に解けるものではない。

「政吉さん、草刈鎌を……」

猫目が、足をふらつかせながら、政吉に近づく。だが、猫目が近づく分、政吉は逃げる。

「あの者、何か申しておるぞ」

まだ、篤姫のほうが気丈であった。

「草刈鎌とか言っておるが……そうかそこの者、植木屋であろう。草刈鎌を、あの者につかわせ」

篤姫に言われ、ようやく政吉も気がついたか、道具袋に手を入れると草刈鎌の柄をつかんで取り出す。

「そいつを、放ってくれ……」

声を振り絞り、猫目は空いている片方の手で草刈鎌を放れと手招く仕草をした。

政吉が、猫目の足元に鎌を放り投げる。猫目は腰を落とすと、草刈鎌の柄をもって立ち上がった。

「首をちょん斬ってやる」

草刈鎌の刃を、青大将の首にあてようとしたところであった。

――こいつはいけねえ。首がなくなる。

そう思ったか、青大将の絞まりが一瞬緩《ゆる》んだ。一つ力を抜くと、全身が一気に緩むのが大蛇捻りという技の、弱点である。

猫目はそのすきを見逃さなかった。草刈鎌を捨て、その手で青大将の首根っこをつかむと引っ張り上げた。すると、なんなく片手が抜ける。だらりと垂れ下がった、青大将の体は、猫目の背丈よりもはるかに長い。地面についた体を、猫目は足で踏みつけ、青大将の自由を奪った。

さすが青大将も疲れたか、暴れるほどの力は残っていなかった。

巻きつかれていた右腕は、蛇腹のあとがつき二の腕にかけてまで紫色に変色している。指を広げようとしても、右手は痺れて感覚がない。

「……これ以上絞め上げられていたら、危ないところだった」

猫目は左手で鎌首をもち、右足で胴の中ほどを踏みつけた体勢で、右手が回復するまで待った。

「おお、どうやら助かったようであるのう。よかったのう、斗斗丸」

すでに斗斗丸は、篤姫の腕に抱かれている。

「わん」

怖かったと、斗斗丸は潤んだ目を篤姫の顔に向けている。

「あの者に、何か礼をつかわせぬといかんのう。斗斗丸、何がよいかの?」

そんなもの、狆に訊いたって分かりはしない。

「ふーん」

と、斗斗丸の鼻で鳴く声がする。

二

死闘に決着がつき、猫目の腕に血が戻り、上腕のほうから回復してきている。痺れていた右手も感覚が戻り、指も動くようになってきていた。

猫目は、落ちている頭陀袋を自由になった右手で広げ、青大将の頭をつっ込んだ。

全身に力を入れていたせいか、青大将のほうも疲労困憊《こんぱい》でぐったりしている。

——おとなしく袋に入っていれば、殺されはしないだろう。

殺すとすれば、とっくに草刈鎌で首をちょん斬られているはずだと青大将は思ったかどうかは、定かでない。だが、抗うことなく自分で頭陀袋の中に入っていったのだから、そうとも思える。

「よし、これで終わった」

頭陀袋の口を紐《ひも》で閉じその場に置くと、つっ立つ政吉に近づいていった。

「政吉さん、けりがつきましたぜ」

「あっ、ああ……」

まだ、政吉のほうは呆然としている。

「腕が、なくなるところだった」

ほっと、安堵の息をついて、猫目が言った。

「おまえ、名はなんと言う？」

言われて猫目は初めて気づいた。青大将との格闘で、廊下に立つ篤姫たちには気づかないでいたのだ。

三尺高い外廊下から声をかけられ、猫目の顔は篤姫のほうを向いた。

「あっしかい？」

「これ、篤姫様の御前《ごぜん》であるぞ、頭《ず》が高い」

馴れ馴れしい猫目の口の利き方に、腰元の一人が叱咤を飛ばした。

「よい、この者は斗斗丸の命の恩人じゃ。して、名はなんと……？」

「姫様でありましたか。これは、ご無礼を」

地べたに腰を落とし片膝を立て、手は拳を作って地面につけば、忍びの者が目上の者に拝する恰好だ。だが、猫目はその姿勢を取らず、地べたの上に正座して拝した。それに倣って、脇に政吉もなおる。

なるべく忍びの身上は隠したい。だが、かわいい姫様に名を訊かれ、咄嗟に猫目は武家言葉が口をついてしまった。

「おや、そのほうの言葉……」

怪訝な顔で、篤姫は猫目を見やる。

「いえ、あっしは……」

「もうよい。早く名を言いなされ」

「あっしの名は、ねこめ……いや、猫八といいます」

「あっしは、政吉……」

「そのほうには訊いておらぬ」

政吉の名乗りを、篤姫は拒んだ。

「青大将に脅えるなんて、だらしない。もし、猫八とやらがいなかったら、斗斗丸は今ごろ……おお、かわいちょうにのう」

斗斗丸の頭をなでながら、篤姫が涙ぐむ。

「そうだ、泣いている場合ではなかった。して、そのほうに褒美をつかわせたいが、何を望む？」

「褒美ですかい？」

町人言葉で、猫目は応ずる。だが、咄嗟に何が欲しいと訊かれても、すぐに思いつくものではない。猫目の欲しいのは、金でもなければ物でもない。ただ、囲碁の日取りを知りたいだけだ。そこに、思いがおよぶものの、いきなり訊き出せるものではない。訊く術《すべ》が分からず、猫目の口が閉じた。

「左様、何が欲しいのじゃ？」

さらに訊かれ、猫目は答に窮した。

「………」

「ならばじゃ、わらわのほうから言おう。明日から、猫八が独りでこの庭をきれいにいたせ」

「えっ？　それは……」

自分は植木職人ではないと、猫目は首を振る。

自分の仕事はどうなるのだと、政吉も首を振る。

「また、あんなものが出てきてはならぬであろう。斗斗丸が食べられてはかなわぬからのう。だったら、猫八とやらがいてくれれば安心というもの。手当てはうんと弾むぞえ」

「ですが、あっしは……」

庭いじりは素人だと、きっぱり言おうとしたときであった。

「来月、ある藩のお殿様がお見えになってのう……」

「……ある藩？」

思わず、猫目が呟く。

「池の鯉を見たいと申すのじゃ」

――なんだ、池の鯉か。

囲碁ではないと猫目は取って、篤姫の言葉に興味が失せた。

「それで、庭をきれいにしようと、植木職人を入れたのじゃ。おとなしく、奥で囲碁でも打っておればよいものをのう……」

囲碁と聞いて、猫目の目が輝きをもった。

「まあ、一月あるものですから、あっし独りでなんとかこなせると思ってたんですが。ですが、あいつと遭遇してから仕事がはかどらず、これでは間に合わないと南風先生に相談をかけたんですよ」

頭陀袋に目を向けながら、政吉は小声で話しかけた。そして、猫目の問いは篤姫に向く。

「来月のいつでしょうか？」

「まだ細かい日取りと刻限は、決まってないそうだぞえ。何せお殿様たちはお忙しいでのう、前もってのお約束はかなわず十日ほど前になって決まるそうな」

それまで、ここにいなくてはならないだろうと猫目は考える。うまか膳のほうは、なんとかなろう。それよりも、こっちのほうが大事だ。何をなげうってでも、佐原藩に詰める必要を猫目は感じた。ただ、素人が独りではどうにもならない。

「姫様にお願いがあるのですが……」

「おお、お願いとはなんぞえ。できることならば、叶えてあげるぞえ」

「この、政吉さんとやらせてくれませんか。素人独りでは、どうにもなりませんし……」

「……猫八さん、すまねえ」

政吉の、小声が猫目の耳に入った。

「そんなことなら、分かったぞえ。二人で、庭をきれいになされ。勘定方に言って、手間賃も充分にあげるからのう」

猫目にとっては、うれしい篤姫の言葉であった。仕事に対しての報酬ならば、何をはばかることがあろう。粋な計らいだと猫目は、三尺高いところで艸を抱いている篤姫に好感をもった。

「それでは、よきにのう……」

薄着とはいっても、幾重にも着物を重ね着している。篤姫は、廊下の板間を引きずる着物の裾を翻して去っていこうとする。

「姫様……」

猫目はうしろを向いた篤姫に、声をかけた。

「まだ、何かあるのかえ？」

篤姫が振り向いて問うた。

「はい。そのお殿様とおっしゃいますのは、どちらの……」

猫目の、遠慮がちな訊き方であった。

「それを聞いてどうするのだえ？」

「いえ、どうにもいたしませんが、一応お聞きしておけばと思いまして……」

まさか、襲う相手だとは口がひん曲がっても言えない。

「そうよのう。そうだ、仙石のお殿様は、やはり蛇が大嫌いだと申しておった。まだいるやも知れぬ。いたらみな退治してくれぬか」

仙石の殿様と聞いたとき、猫目は鳥肌が立つ思いであった。

「かしこまりました」

それさえ聞けば、もうよい。これで怪しまれずに相手の名を聞き出せた。あとは、細かい日取りと刻限を知るだけだ。

「猫八さんと二人でやれば、半月で終わっちまうな」

篤姫たちが去って、政吉は猫目に話しかけた。

とんでもないと、猫目は思う。

「このくそ暑い中、そんなにがつがつ働いたってしょうがないでしょうよ。手間賃も弾んでくれると言ってるし、のんびりやったらどうです?」

「それもそうだいなあ。昼は木陰でもって、のんびり寝られるって寸法だな」

そいつは悪くないと、政吉は猫目に同意した。

「言っとくけど、政吉さん。あっしは、これを捕まえるだけですからね」

と言って、猫目は右腕をくねくねさせた。もう、肌の色は完全に元へと戻っている。

その夕、猫目は増上寺裏の竹藪の中に、格闘相手であった青大将を放った。

「小犬など追わず、野鼠《のねずみ》なんかを餌にしろよ」

と、青大将に向けて言い聞かす。

――ああ、分かった。

と、返事があったかどうか。恨めしげに猫目を見やりながら、青大将は藪の中へと、その長い姿を消した。

源助町のうまか膳に猫目が戻ると、この日の首尾を聞こうと十兵衛が酒を呑みながら、待っていた。

「どうだった、猫目？」

さっそく十兵衛からの問いがくる。

「ええ。五郎蔵さんと、菜月姉さんもいればありがたいのですが」

二人は用足しで、出かけている。

「おっ、そう言うってことは、何やら仕入れてきたな」

「へい。それにしても、大変でやした」

「そうか、分かった。同じことを二度話すのもかったるいしな。おっつけ二人は戻ってくるだろうから、それまで酒でも呑んで待ってろ」

猫目が湯呑を取りに、厨《くりや》に行っているところで、まずは菜月が戻ってきた。

「ただいま……」

「おう、ご苦労だったな」

菜月は、芝宇田川町にある乾物問屋に行って、昆布だしなどの乾物を仕入れてきたのであった。もうそろそろ、食材なども仕入れなくてはならない。

この日五郎蔵は、遠く日本橋川の北詰め一帯の、魚河岸まで足を伸ばし仲買商との商談にあたっている。

「五郎蔵も、もうすぐ戻るだろうからな」

朝の早い魚河岸は、夜も早い。そんなにいつまでも、仲買商は取引きの相手になってはくれない。夕七ツには、どこの店も閉まっているはずだ。

魚河岸までは、源助町からおよそ半里十町ある。五郎蔵の脚《あし》ならば、四半刻もあれば戻れる距離である。

すでに、暮六ツに近い刻となっている。

「なんだか、五郎蔵遅いな」

「さいですねえ」

「何かあったのかしら？」

心配げな菜月の声音であった。

「五郎蔵のことだ、何も心配はないだろうよ。それより、早く帰ってきてくれないと、猫目の話が聞けぬな。その前に、酔っぱらっちまう」

言いながら十兵衛は、ぐいっと湯呑に注《つ》がれた酒を呷《あお》った。

「売りものなんですから、そんなに呑まないでください。無料《ただ》だと思って」

「そう言うな、菜月。どうやら南風先生も見合いに乗り気になってな。そうだ、まだ話してなかったな。松竹屋さんと南風先生の首尾を」

「ええ、まだ聞いてません。ですが、十兵衛さんの機嫌のよさを見れば、うまくことが運んでいるのは伝わります」

「そうだろう。松竹屋の八郎次郎左衛門さんは、この婚姻の仲立ちをしてくれれば、五両の後金に五両上乗せして、十両くれるというのだ。それをもらえれば、こんな酒代まとめて払ってやるさ。だろう、だったらじゃんじゃんもってきな」

「仲立ちって、仲人さんのことでしょ。夫婦じゃないと、駄目なのではないですか？」

「そんなことは、知らんよ。ただ、やってくれって言うから『はい、僭越《せんえつ》ながら……』って返しただけさ。それで、どこに不服があろう」

菜月の問いには、どこ吹く風の十兵衛であった。

「まあ、とにもかくにもとんとん拍子なんだな。まったく、こういう手離れのいい仕事ばかりだとありがたいのだが……」

五郎蔵が戻ってきたのは、西の空にうっすらと明かりの残る、それから四半刻後のことであった。

三

五郎蔵の帰りが遅かったのは、途中銀座三丁目にある両替商武蔵野屋の前を通りかかったとき、主の堀衛門に呼び止められたからである。

「堀衛門の旦那に呼び止められたのはですね……」

夕七ツ半少し前。夕方とはいえ、まだ日中の暑さが残るころであった。そのときのことを、五郎蔵は話しはじめた。猫目の話はあと回しとなる。それほど重要なことだと、五郎蔵は前置きを言った。

「——おう、五郎蔵さんではないか」

「これは、旦那様……」

「うちの前を通って、素通りしていくやつがおるか」

「いや、すみません。そんなつもりはないんですが、開店前なのでちょっとばたばたしてまして……」

「だろうな。まあ、嫌みは冗談だから勘弁してくれ。ところで、ちょっと話があるのだが寄ってもらえないか。忙しいところ、すまんが……」

「へい……」

笑顔から一転真顔となった堀衛門に、五郎蔵の顔は不安げなものとなった。

堀衛門の部屋に案内されて、向かい合う。

「まだまだ、暑い日がつづくな」

世間話が二言三言入り、堀衛門は本題に入る。

「十兵衛さんにも、ようく伝えておいてもらいたいのだが……」

声音を落としての、堀衛門の切り出しであった。

「はい。それで、どのようなことで？」

五郎蔵も、声音を落として訊く。

「うちが出入りしているある藩の、江戸家老様の話なのだが……」

堀衛門の前置きに、五郎蔵が耳を欹《そばだ》てたそのとき。

「旦那様、少しばかりよろしいですか？」

暑気払いで開けてある障子戸の陰から、番頭の声がかかった。

「入りなさい」

話を途中で止め、堀衛門は廊下に座る番頭に声を返した。番頭は部屋に入ると、五郎蔵には聞こえぬ声で耳打ちした。

「それは、本当か？」

堀衛門の血相が変わる。

「今行くから、ちょっと待っててもらいなさい」

かしこまりましたと言って、番頭は出ていく。

「ちょっと、のっぴきならないことが起きた。すまぬが、四半刻ばかり待っててくれないか？」

「はい、かまいませんが……」

某藩の江戸家老の話なのだがで、堀衛門の語りは止まっている。その先の話が気にかかる。これは、うまか膳の仕事どころではないと、五郎蔵は堀衛門の戻りを一刻千秋の思いで待った。

──堀衛門の旦那の顔色を見ると、あまりよい話ではないな。

腕を組んで考えるも、五郎蔵に答など分かるはずもない。だが、本懐の意趣返しにかかわることに違いないと、漠然と感じている。それが、よい話ではないかもしれぬとなれば、一層気が揉める。

結局堀衛門が戻ったのは、四半刻を大きく過ぎて暮六ツ近くとなっていた。

「すまぬすまぬ、忙しいのに待たせてしまったな。金の貸し借りで、客と一悶着あって……」

堀衛門が言いわけを添えて言うも、五郎蔵は意に介していない。それよりも、早く話が聞きたいと、堀衛門の語りに言葉を載せた。

「いえ、いっこうにかまいません。それで……」

「そうそう、どこまで話したかな？」

「ある藩の江戸家老の話なのだが、ってところまでです」

「その江戸家老様が言うのは、旧松島藩の浪士のことでな」

「松島藩の浪士……ですか？」

堀衛門が言う松島藩の浪士というのは、旧藩主水谷家に仕えていた家臣たちのことである。

「その浪士たちが一月《ひとつき》ほど前、二十人ほどが決起して飯森藩主皆川弾正の行列を襲ったというのだ」

ぐっと声音を落として、堀衛門が言う。

「えっ、なんですって？」

にわかには信じられず、五郎蔵は大きな声を発して訊き返した。

「そんな、大きな声を立てんで……」

「あっ、すみません」

五郎蔵は、謝るも心ここにあらずであった。目が宙に浮いている。それほど衝撃的な、堀衛門の語り出しであった。

「善光寺《ぜんこうじ》に参拝に行った弾正を、須坂《すさか》の在でどうやら……だが、みな返り討ちに遭って、あえなく討ち死にしたというのだ」

「そんな話はどこからも聞いてませんが……」

耳に入ってもよいほどの、大事である。だが、江戸市中ではそんな噂一つ立っていなかった。

「幕府のほうが、箝口令《かんこうれい》を敷いたのだ。それでも、大名同士で噂は立つのでな。手前もきのうの夜になって、そんな話を聞いたんだが。その江戸家老というのは、手前どもが旧松島藩と取引きがあったことを知っていて、話をされたのだ。絶対に、他人《ひと》には言うなと釘を刺されたんだが、このことは十兵衛さんたち皆さんの耳に入れておいたほうがよいと思って、あしたにでも箕吉を使いにやろうと思っていたところなんだ」

「そうでしたか」

五郎蔵は、終始苦渋の表情を浮かべっぱなしである。

「……これから、やりづらくなる」

五郎蔵の発した呟きが、堀衛門の耳にも入った。

「そうだろうな。わしの言いたかったのは、そのことだ。おそらく幕府も、これから水谷家に仕えていた浪士たちを見張ることだろう。いや、それよりも何よりも、皆川家と仙石家の警戒がますます強くなると思れる」

幸いにも、水谷家の陰であった十兵衛たちの存在は、幕府には知られていないだろう。家臣の間でも、ほんの数人しか知らぬ忍びの者たちであった。

「それと、幕府のみでなく……」

堀衛門が語るも、五郎蔵の頭の中は思案の淵にあった。

「……ということで、くれぐれも用心しなされ」

堀衛門の語りはここまでであった。


十兵衛、菜月、そして猫目を前にして、五郎蔵は堀衛門から聞き込んできた話を語った。

「やはり、家臣たちにも殿の意趣を返したい人たちがおったのだな」

二十人の元藩士たちが、皆川弾正を襲撃したものの、みな返り討ちに遭ったという件《くだり》では、十兵衛の肩もがくりと落ちた。

「それにしても、まずいことになったもんだ」

十兵衛の顔も、苦渋で曇りをもった。菜月も猫目も、みなその思いで一致する。

話を聞いて、みんなの頭の中をよぎるのは、大きく二つあった。その一つを十兵衛は口にする。

「これで、警戒が厳しくなるだろう。もちろん、仙石紀房にもこのことは伝わってお るだろうからな」

そして、もう一つを五郎蔵が口にした。

「それとです。幕府のみでなく、皆川家も仙石家も江戸藩邸を挙げて、旧水谷家に仕えていた家臣たちの割り出しにかかるでしょう。とくに、浪人の身となった者たちは、江戸と国元を問わずにみな……ここは用心をしたほうがよいと思われます」

五郎蔵にしては、気の利いた意見だと十兵衛は思った。そして、口にする。

「だろうなあ。ところで、それは五郎蔵の意見ではあるまい」

「へえ、実は堀衛門の旦那の受け売りでして……」

聞いてないようであったが、堀衛門の語りは五郎蔵の耳にはちゃんと入っていた。

「まあ、誰の意見でもよいが、まったくそのとおりだ。拙者らだって、いつ見破られるやも知れん。とにかく、あまり目立たぬことだ」

「目立たぬことといいましても、十兵衛さんのその形《なり》は……」

余計に目立つと、菜月が言う。

百年以上も前に生きた柳生十兵衛や宮本武蔵を彷彿とさせる姿は、きょう日あまり見かけなくなった。それだけに、江戸の町中では目立つ。

「かといって、町人の姿になるのもなあ……」

気が引けると、十兵衛は首を振る。

「あっしはそのままで、かえっていいと思いますがね」

今まで黙っていた猫目が口にする。

「なんでだ、猫目？」

十兵衛が問う。

「下手《へた》に町人の姿になって紛《まぎ》れたとしても、すぐに武士であったのが分かってしまうでしょう。とくに十兵衛さんは、そのへんが不器用ですから」

「不器用だけ、余分だ」

憮然とした面持ちで、十兵衛が言う。

「余計なことを言ってすみません。ですが、むしろそのままのほうがよいと、あっしは思いますが」

「ほお、それはなんでだい」

菜月が問うた。滅多に自分の意見など言わぬ猫目を、頼もしげな目で見やった。

「というのはですね、そうしていれば、逆に怪しまれないと思うのです。今も言ったように、急に身形《みなり》を変えれば何があったのかと勘ぐられるのがおち。もし、変わった身形だと疑われたら、そのときは『これは看板』と言えばいいのです」

「看板……？」

「そう、看板です。陰聞き屋の……」

「なるほど、そういうことかい」

まずは、菜月が得心《とくしん》をする。このごろ猫目は鋭い意見を発すると、そのとき同時に思った。

「陰聞き屋という商いなら、まずは見た目を強そうにして、頼りがいがあるように見せなくてはならないもんね。しかも、暑い中での黒ずくめは目立つし、むしろそんな人を疑うことはないでしょうよ」

とうとう、十兵衛の身形は商いの看板とされてしまった。

これから、松島藩旧水谷家浪士の探索がはじまるかもしれない。気に入った身形を

『看板』と取られるのは不本意だが、ここは猫目と菜月の意見に従おうと十兵衛は思った。

五郎蔵と菜月、そして猫目の三人はすでに町人になりきっている。うまか膳という煮売り茶屋は、隠れ蓑にちょうどよいと皆が思った。

四

そして話は、猫目の昼間のことに移る。

猫目は、佐原藩の上屋敷であったことをおよそ漏らさずに語った。

青大将との死闘の件では、三人も唖然とした面持ちで聞いていた。

「腕は、だいじょぶなんかい？」

菜月が心配そうに、顔をしかめて訊いた。

「ええ。あんときは腕をへし折られるんではないかと思いましたが、今はこのとおりなんともありません」

言って猫目は小袖の袖を、二の腕までめくって見せた。

「だが、それでもってお姫様が猫目の味方についてくれたんだから、苦労ってのはしてみるもんだよなあ」

五郎蔵が、つくづくとした口調で言った。

「だが、猫目。くれぐれも注意は怠りないようにな。ちょっとばかり、情勢が変わってきたからな」

十兵衛が、猫目に注意を促す。

「へえ、それは分かってますって。ところで十兵衛さん……」

「なんだ猫目？」

「もし、囲碁の日取りと刻限が知れたら、やはり決行しますか？」

「それについては、考えていたのだが。どうだ、五郎蔵と菜月の意見は？」

今しがたまで、旧松島藩士による皆川弾正襲撃の話をしていたところである。みな返り討ちに遭った件が脳裏にこびりついている。それで気持ちが萎えているようだったら、この策からは撤退しようと、十兵衛は考えていた。

「せっかく猫目がつかんできた情報ですぜ。こんな機会は、滅多にないでしょうよ。手前は、仙石紀房と刺し違えてでもやります」

「あたしも」

五郎蔵と菜月は、胸を叩いて決行に賛同する。

「猫目はどうだ？」

「それは、もちろんやるに決まってます」

「よしみんな、よく言ってくれた。だがな、相当厳重な警護になることが予想される」

「ちょっと待ってくださいよ、十兵衛さん」

十兵衛の話を、菜月が途中で止めた。

「でしたら、先日の紀房の外出。それって、変ではありませんか？」

「何が変だ？」

「佐原藩へ囲碁で出向く折、警護の家臣が二人、暇だからといって酒など呑んでいていいのでしょうか。弾正襲撃のことが紀房にまで伝わっていたら、そんな気の抜けた警備をするものですか？」

「菜月の話は、もっともだと思います。手前もそれを感じていました」

五郎蔵が、うなずきながら言う。

「いや、もしかしたら話は伝わってないのかもしれんな」

「どうしてです？　あんたのところも危ないから気をつけろと、真っ先に報せるのが普通でしょう」

十兵衛の答に、五郎蔵が反発をする。

「だから、なんとも分からん。そうか、逆に罠かもしれんぞ」

「罠っていいますと？」

思ってもいなかった言葉が出て、五郎蔵が、身を乗り出して問う。

「警備をそれほどまで手薄にしたのは隙を見せ、おれたちというより、松島浪士をおびき寄せる算段かもしれん」

「そうだとしたら、ずいぶんと手が込んでますね。でも、ありうるかも……」

十兵衛の考えに、菜月が言葉を載せた。

「いずれにしても、紀房を襲うにしても細心の注意がいるってことだ。ふーむ」

腕を組み、十兵衛は鼻から大きなため息とも取れる息を漏らした。

「とにかく猫目は、あしたから植木屋の職人だ。囲碁の日取りを探るのはむろん、そのへんのことを探ってみてくれ」

「そのへんのこととは？」

十兵衛の指図の意味が取れず、猫目が訊き返す。

「なんとか佐原藩の家臣でも誰でもいいから、大諸藩の警護の状況を聞き出すことって……」

「そいつは、幾らなんでも無理なんでは。だいいち、猫目が怪しまれますぜ」

　十兵衛の言葉を遮り、五郎蔵が意見を言った。

「そうだよなあ。佐原藩の家臣に、大諸藩の警護はどんなもんだって、植木屋が訊くのも……いや待てよ」

　とまで言うと、十兵衛は腕を組んだまま、ひとしきり思案顔となった。何を考えていると、無言で三人の顔が十兵衛に向く。やがて、瞑《つむ》っていた目を開くと、猫目のほうに顔を向けて話しかけた。

「猫目よ……」

「へい」

「なんとかして、大諸藩の上屋敷に入れぬかな」

「なんですって？」

　奇《く》しくも、驚嘆の声が五郎蔵と菜月の口から同時に出た。だが、猫目の表情に変化はない。

「あっしも今、そのことを考えてました」

「なんだって、猫目もかい……？」

　菜月が驚く口調で訊いた。

「ええ。やはり、こいつは相手の懐に飛び込むのが一番だと思いまして。それで、いい手立てを考えているのですが……」

「だったら猫目、こうしたらどうだ」

十兵衛に、策が浮かんだ。

「というのはだな……」

小声となった十兵衛の口に、三人は首を前に伸ばし耳を傾けた。

「……ってな具合で、どうだろうか？」

「なるほどですなあ。だが、それでうまくいくかどうか……」

十兵衛の考えた手立てに、五郎蔵の首がいく分傾いだ。

「うまくいくかどうかは知れんが、怪しまれずに猫目が上屋敷に侵入できるのは、それ以外にないだろうよ」

「あっしは、いい考えだと思いますが」

大きくうなずいて、猫目は賛同する。

そして、翌日から十兵衛の考えた策が、猫目によって決行されることとなった。

もう猫目にとって、うまか膳の手伝いなんかどうだっていい。

佐原藩の上屋敷には、政吉と共に朝五ツに入る。

政吉はせっせと、庭木の剪定に励んでいる。その間、猫目は木陰で涼《りょう》を取り、のんびりと過ごしていた。

「――青大将は、一匹ってことはないからな」

と、政吉には言い含めてある。

「まだ、いるのですかねえ？」

恐る恐る、蛇が大嫌いな政吉が訊く。

「そら、そうでしょうよ。これほどの広い庭ですからね」

およそ五千坪ある大名屋敷の庭は広い。手入れが隅々まで行き渡らず、藪状になっているところもある。海や沼を埋め、山を切り開いてできた江戸の町には、まだまだ野生の動植物が、いたるところで人々と共存しているのだ。

大名屋敷の敷地の一角に、蛇や鼬《いたち》や狸《たぬき》や狐《きつね》が住みついていたって、なんら不思議ではない。

佐原藩の上屋敷では、そんな動物の退治をしていなかったとみえ、野鼠や鼬などをよく見かけると政吉は言った。それらを餌に、青大将なども住みついているのであろう。

「うわっ、出やがった」

政吉の悲鳴に、木陰で寝転がる猫目が起き上がった。

何も、猫目が汗水垂らして働くことはない。蛇などが苦手な者ほど、絶えず周りを気にしているため、そういったものには敏感だ。

「きのうみてえなわけにには、もういかねえぞ」

と、青大将を睨みつけ猫目は一喝した。それに恐れをなしたか、青大将はもち上げていた鎌首をだらりと下げて、殊勝になった。青大将との死闘はなく、難なく捕まえることができた。

この日猫目が捕まえた青大将は、前日よりも少し小ぶりの六尺ほどの長さのもの、一匹だけであった。

やがて夕の刻限となり、佐原藩の上屋敷から出た猫目は、汐留橋近くにある大諸藩の上屋敷に足を向けた。

暮れ六ツ近くになると、大名家の周囲はめっきりと人通りが少なくなる。猫目は、大諸藩上屋敷の近辺で、さらに暗くなるのを待った。

とっぷりと日が暮れて、猫目は動き出した。大名屋敷を囲む長屋塀はおおよそ二階建てになっていて、天を見上げるほど高い。猫目が屋敷を半周すると、長屋塀が途絶え、白壁の幾分低い塀となった。その塀の上に、松の枝が張り出している。屋敷の裏手にあたるところであった。

あたりに人がいないかを気にして、猫目は立ち止まった。

「このへんでいいだろう」

猫目は独りごちると、頭陀袋に入れていた青大将を取り出した。

「今、逃がしてやるからな」

と言って、猫目は蛇の尻尾をつかむと投げ縄のごとく、グルグルと回しはじめた。回転に勢いがついたその瞬間、猫目は蛇の尻尾を手放した。

ビューンと音を立て、青大将が蛇行しながら飛んでいく。そして、塀の向こうにその長い姿が消えていった。

「……これでよしっと」

何ごともなかったように、猫目はその場を立ち去る。

五

それから半月ほどが経った。

すでにうまか膳は開店をしたものの、客の入りは芳《かんば》しいとはいえない。開店当初は、新規開店の珍しさから多少客が入ったものの、半月も経つとめっきり客足は減ってきていた。朝から夕まで暖簾を下げていても、十人がいいところであった。

うまか膳は、暮六ツをもって暖簾を下ろす。そのため、夜をあてにする客の入りがない。酒を置いてあるが、昼酒を呑む客は少なく、ほとんどが十兵衛たちの胃の腑に収められていた。

売り上げなんてどうでもよく、客が少ないのは、むしろ都合がよい。暮六ツに店を閉めるのも、四人が集まるときを作るためであった。

その日も、猫目の帰りは暮六ツを四半刻ほど過ぎたころであった。

「ご苦労だったな。まあ、一杯やれ」

十兵衛に労《ねぎら》われて、猫目は大きくうなずいた。

「今、手を洗ってきますんで」

やがて、手巾《しゅきん》で手を拭きながら猫目が戻ってくる。すでに、五郎蔵と菜月も、いつもの樽椅子に腰をかけている。

「きょうまでで、都合十匹ばかり放り込んでやりましたぜ」

「そんなに放り込んだか」

十兵衛が、うんうんとうなずきながら返す。

「もう、佐原藩の庭には一匹もいなくなったんじゃないでしょうかね。政吉さんも、このところ驚かなくなったし。きょうのは、三日ぶりに見《め》っけた奴でしたから」

「そうか。ならば、あとは大諸藩がどう動くかだな」

十兵衛は、仙石紀房が蛇嫌いだということを猫目の話から知った。それに、一縷《いちる》の望みを十兵衛と猫目は託したのであった。

青大将を捕まえては大諸藩邸の裏庭に放り込み、退治の依頼を待つという策であった。

「――家臣のほうでもって、退治したらどうするんです？」

十兵衛が、策を猫目に授けたときのことである。五郎蔵がそう言って問うた。まったくそのとおりだと、菜月も五郎蔵に同調する。

「それは、大いにありうる。だが、依頼がこっちに来るのは、まるっきりないとはいえんぞ。ほんのわずかだが、そんな望みに懸けたのだ。どう転ぶかは、神や仏にだって分からんだろうよ」

そんな会話が交されて、猫目は翌日の夕に第一匹目を放り込んだのであった。

四人の、酒を呑みながらの会話であった。

「あした大諸藩に、佐原藩の殿様が碁を打ちに行くそうです」

「へえ、よく猫目は調べたね」

菜月が、感心をする面持ちで言った。

「ええ、あれから篤姫様と仲良くなりまして……」

篤姫とのことは、猫目はみんなには黙っていた。ああしろこうしろと、余計な口出しをされるのがうっとおしいと思ったからだ。猫目は探索に、篤姫を巻き込みたくはないと思っていたのだ。だが、この情報は三人の耳に入れておかなくてはならない。となれば、篤姫のことにも触れることになる。

「姫様とかい？」

感心が、驚き顔に変わる菜月であった。

「狆の斗斗丸を助けてからですよ。まずは斗斗丸に好かれて、そして姫様とお近づきになったのです」

「なるほどなあ。いいことは、しておくものだ」

今度は、五郎蔵の感心した声音であった。

「篤姫様が『あした、お父上が大諸藩に碁を打ちに行くのだえ。わらわも一緒に行くのだえ。うれしいのう、汁汁丸』なんて言って、喜んでましたから」

いつも屋敷の中に閉じこもっている姫様にとっては、[illegible]に出られるのが何よりもうれしいことであった。

木陰で猫目と話すことも、世間の下々《しもじも》のことば[illegible]そんな篤姫に、猫目は喜んでつき合ってさしあげた。

翌日の昼八ツごろ、二基の駕籠が供侍の警護に囲まれ、大[illegible]藩上屋[illegible]重厚な大名駕籠には藩主の松山宗則が乗り、もう一方の惣黒漆《そうくろうるし》金蒔絵《きんまきえ》の[illegible]籠には、汁汁丸を抱いた篤姫が乗っている。

猫目は、その行列が出立するのを、もの陰に隠れて見やった。

一行は、愛宕下大名小路を通り、外濠の幸橋《さいわいばし》御門につき当たってから右に折れ、そのまま濠沿いを進むので、うまか膳の前は通らない。

「なんだよ。いつまで待っても、通らないではないか。猫目の奴……」

嘘をついたと、客のいない店で十兵衛は憤る。

「この道は、真昼間には通らないでしょう。通ろうとすれば、大名小路……」

「あっ、そうか」

菜月の言葉で、十兵衛はふと気がついた
するのを菜月が見張っていたことがある。だ
通らなかった。十兵衛は、それを東側の道と取
藩の上屋敷ならば、大名小路を通ってもなんらお
「……大名小路には、皆川弾正の飯森藩上屋敷があ
北は外濠の幸橋御門から、南は増上寺に至る愛宕下
「……これは、店を出すところを間違えていたな」
幸橋御門近くの、大名小路のとば口にある兼房町にうま
十兵衛は後悔をした。だが、今さら悔やんでも仕方のないこと
りで、すぐに畳んで帰ってはそれこそ怪しまれてしまう。
「とにかく、ここまでいろいろと判明できただけでも、よしとしな
独りごちが、傍《かたわ》らにいる菜月の耳にも入る。
「何を、よしとしなくてはならんです？」
「いや、こっちの話だ」
菜月の問いに答えるまでもなく、十兵衛ははぐらかした。

石高は仙石家が高く、年齢は松山宗則のほうが幾分上である。

「ところで、姫……」

「はい、なんでございましょう？」

「いや、これは松山殿に話をしたほうがよろしいか。きょう姫君をお呼びしたのは、よき縁を取りもとうと思いましてな……」

「よき縁と申しますのは……？」

意味がつかめず、宗則が訊く。

「縁談でござるよ。先方に姫君の話をしたところ、ぜひにもという仰《おお》せがあった」

「それは、どちらの……」

「むふふ……」

宗則が訊くも、紀房は笑ってはぐらかす。

「笑っておられては、返答に窮《きゅう》しまするな」

「これは、ご無礼。実を申しますと、先方といいますのは、当家のことでありましてな」

「仙石殿の……？」

「左様でござりまする。うちの次男で二十三になる守房《かみふさ》に、篤姫君をいただければと

思いましてな」

「守房殿にですか。それはありがたい」

　親同士のこれだけの話で、この縁談は決まったものである。あとは、武家諸法度《しょはっと》の令に法《のっと》り、幕府の許可を得るだけである。

　篤姫はここで、嫌とは言えない。ただ、親同士が決めた縁談に従うだけである。

「守房は今、国元におりますからな。月が変わりましたら、江戸藩邸に来ますのでそのときにでも……」

　引き合わせようということになった。

「これで、万々歳ですな」

　この縁談に喜んだのは、松山宗則であった。当の篤姫は、恥じらいがあるのか片手で斗斗丸を抱いて、終始うつむき加減である。片方の手の人差し指は、畳に『の』の字を書いている。

　そのとき突然、篤姫の手を解き斗斗丸が膝から下りるや、開いている側の廊下に駆け出ると、庭に向けて吠え立てた。

「うーっ、わん」

　何かに向けて、唸り声を上げている。

「これ、斗斗丸はしたない。どうしたというのじゃ？」

「おうおう、元気のよいお犬ですな」

仙石紀房が、その様を見てニコニコしていたのはそこまでであった。斗斗丸が吠える庭先を見ると、庭石である三波石の上で青大将がとぐろを巻いている。

「あっ、あれはなにだな！　なんで、あんなところにいる。ああ、気持ち悪い」

蛇を見ただけで卒倒するほど嫌いな、紀房である。自分でも、蛇とか青大将なんて口に出せない。

「だっ、誰かおらぬか？」

宗則と篤姫の目があるもはばからず、大声で家臣を呼んだ。

「はっ、何ごとでござりましょう？」

すぐに家臣が駆けつける。

「何ごとではない、あれを見よ」

紀房の顔は別のほうを向き、指だけが青大将を差している。

「あっ、あれは。おかしいですな、みな退治して、ここにはあれは一匹もいないはずですが……」

大嫌いな藩主に、蛇と口に出しても叱られる。家臣はあれとかそれで言葉を濁す。

大諸藩の上屋敷の庭には、蛇どころか野生の動物はすべて駆除し、一匹もいないはずであった。

「はずではないだろ。現にあれがいるではないか。早く、あれを退治しろ」

「はっ。おや、あれがあそこにもおりますぞ。こうなりますと、あれは一匹二匹ではありませんぞ、殿」

「なんだと！　誰が、あれを連れてきた？」

家臣が座る廊下とは、正反対のほうを向いて紀房は怒鳴りつける。紀房の怒声は、襖に対して向けられていた。

「いえ、誰があれを連れてきたか、さっぱり見当がつきません」

「いいから、早くあれを退治をしろ」

「はっ。ですが、当家の家臣は今忙しく働き、あれを退治する手が足りませんでして」

「それでも、誰かいるだろう。即刻あれを……」

そのやり取りを聞いていた篤姫が、ひと膝乗り出し紀房に話しかけた。

「お殿様、よろしゅうございましょうか？」

「おお、姫。いかがなされた？」

「今、当家上屋敷に植木職人が入っておりまして、その者の中にあのものを捕まえる名人がおるのですが……」

紀房と家臣の言葉のやりとりで、あれあれと出てくる。それを察して篤姫も言葉をぼかした。

「なんと、あれを捕まえる、左様な者がおると申されるか」

「およろしければ、その者をさし遣わせますが、いかがでございましょう。当家の庭には、もうあれは一匹もいないものと。お殿様が、お庭を愛でたいとおっしゃられましたので……」

来月四日に、紀房が来訪するのを機に、庭からあれを一掃させているのだと、篤姫は言葉を添えた。

「余のためにあれを退治なされておるのか。それは、かたじけない。ぜひにもその者をこちらに遣わせてもらえますかな」

佐原藩のあれが、ここに放り込まれていることなど、紀房も家臣も知るよしがない。

「では、これから戻りまして、申し伝えます。明日《みようにち》からで、よろしゅうございましょうか?」

「そうして、くだされ」

「かしこまりました」

と言った篤姫の膝に、すでに斗斗丸が乗って体を丸くしていた。

この後、紀房と宗則の囲碁の勝負がはじまり、篤姫は惣黒漆金蒔絵棒黒塗の駕籠に乗り、佐原藩上屋敷へと戻っていった。

六

藩邸へと戻った篤姫は、さっそく庭で寝転ぶ猫目に声をかけた。

「これ、猫八……」

「あっ、これはお姫様。もうお帰りで……？」

地べたにかしこまった猫目は、廊下に立つ篤姫と向かい合った。

篤姫は下を向き、猫目は天を向く形となった
「父上様たちは、碁がはじまったでのう。それで、そちに頼みがあるのじゃ」

「はい、頼みとおっしゃいますと？」

ここで、猫目の脳裏には『もしや？』との思いが生じた。

「そちがよいと申せば……」

大諸藩上屋敷に行ってたもれと、篤姫は理由《わけ》を添えて言った。

猫目が思ったことは図星《ずぼし》であった。そして、密かにほくそ笑む。だが、口から出たのは、思いとは正反対の言葉であった。

「そいつは弱りましたなあ……」

喜んで二つ返事をしては、変に勘ぐられる。ここは二、三度ぐずることにした。いやいやでも、行ってやるという態度が必要である。

「駄目なのかえ？」

「あすから少しばかり、忙しくなりますもので」

「左様かえ。でも、そこをなんとか頼めぬかのう」

「なんとも、弱りましたなあ」

猫目は、うしろ首に手を回し困った風を装った。

「わらわの頼みでも、駄目かえ？」

篤姫の困った様子に、かわいそうだがもう一度首を振ろうと、猫目は思った。

「ちょっと、難しいかと……」

苦渋のこもる声で、猫目は返す。

「仙石様に申してしまったのだえ。そちを遣わすと……。困ったのう、なあ斗斗丸。

来月の四日に、お舅《しゆうと》様が来るというのにどう申し開きをいたそうかのう？」

「あのう、今お舅様とおっしゃいませんでしたか？」

「ええ、言ったが。わらわは、仙石様のところに嫁ぐことになったのだえ」

「本当で、ござりまするか？」

「ええ、本当であるぞえ」

「それで、来月の四日に……」

「それは、仙石様が囲碁をしにいらっしゃるのだ」

そのとき猫目の頭の中では、七月四日の夜か五日の未明が決行の日と考えていた。

こうなると、大諸藩上屋敷にまで赴《おもむ》く必要があるのかと考える。

「どうしても、駄目かえ？」

あらぬ方向を向いて思考する猫目に、篤姫の困り顔が向いた。

「分かりました。姫様の頼みです、なんとかいたしましょう」

これは、猫目の篤姫に対する気持ちであった。決行の日取りさえ分かれば、それで
このたびの策の用は達したのである。だが、篤姫の顔を猫目は立てた。それと、もう
少し何か探ることがあった気のする、猫目であった。

「そうか、行ってくれるか。ありがたいのう、なあ斗斗丸」

「わん」

と、斗斗丸の返事があった。

「少しばかり、待っていておくれ」

猫目が地面に膝まずいて待っていると、しばらくして篤姫が戻ってきた。

「これを、紀房様に渡すよう……」

手渡されたのは、封緘《ふうかん》がされた書状であった。表書きには『仙石紀房様』と書かれ、裏には一文字『篤』と記されていた。

「これはそなたの紹介状である。これを門番に見せれば、奥まで丁重に案内してくれるであろう」

「どうも、すいません」

猫目は町人言葉で礼を言った。

「それでは、よしなに頼むぞえ」

と言い残し、斗斗丸を抱いた篤姫は奥へと戻っていった。

その夜、いつものようにうまか膳は四人の話し合いの場となった。

猫目は十兵衛と五郎蔵、そして菜月を前にして大諸藩邸侵入策の首尾を語った。

「そうか。でかしたな、猫目。やはり、人間やる前からあきらめては駄目だってことだな」

まさか十兵衛も、ここまでの首尾になるとは思わなかった。わずかな可能性に懸けた、青大将投げ込みの策であった。

これまで半信半疑であった五郎蔵と菜月は、言葉もなく黙っている。

「ですが、十兵衛さん。紀房が佐原藩の上屋敷に行くのは来月四日と知れました。それが知れただけでもよかったのでしょう？」

何も危ない思いをしてまで、それ以上のことを探る必要があるのかと、猫目は問うた。

「まあ、そうではあるがな。まあ、侵入してさえいれば、何かほかに探ることもできてくるであろう。拙者はその翌日五日に、南風先生とお春さんの仲立ちをせんといかん。日取りがかち合わなくてよかったぞ」

見事、紀房を討ち果たし、何気なく見合いの仲立ちをして世の喧騒に紛れるというのが、十兵衛の抱いた目論見《もくろみ》であった。

紀房を討ったあとは、まだ皆川弾正が残っている。その弾正を討ち果たすまでは、是が非でも生きつづけなければならないのである。

「ちょっとよろしいですか？」

十兵衛と猫目の話に遠慮していた菜月が、口を出してきた。

「なんだ、菜月？」

「大諸藩にせっかく入り込めるのでしたら、これも探ったらどうかと……」

「これもとは？」

「ですから、皆川弾正が襲われた経緯を、紀房がどれほど知っているのかを……。そんな大事なことを、十兵衛さんは失念してたのですか？」

「いや、忘れてなんかおらんさ。それを、これから猫目に授けようとしていたのではないか」

とは言いながらも、青大将放り込み策の首尾のよさに溺れ、忘れかけていたことは事実である。額に汗を浮かべて、十兵衛は負け惜しみを言った。

旧松島藩士の、弾正襲撃のことを紀房が知っていれば、七月四日の外出には相当堅固な警備がなされるであろう。そこをたった四人で襲撃するのである。その警備いかんによっては、撤退も考えなくてはいけない。本懐を遂げるまでは、犬死はできないのである。

「よし、猫目。そのへんの探りを入れてきてくれぬか」

「かしこまりました」

そのとき猫目も思っていた。日取りのほかにも探ることがあった気がしたのは、これであったかと。

だが、どのようにして聞き込むかの、術《すべ》が立っていない。家臣たちに訊くわけにもいくまい。

「どうした、猫目。何を考えている？」

十兵衛が、猫目の考える様子を見て声をかけた。

「ええ、それをどうやって知ろうかとの手立てを考えてました」

「いや、こっちから無理やり探ることはない」

「探ることはないと言いますと？」

「五郎蔵、答えてやりな」

この件に関しては、五郎蔵も遠慮がちとなっていた。

「答えてやりなって、何も思いつきませんが……いや、待てよ。そうか、こんな簡単な道理が分からないとは、猫目もまだ若いな」

胸を反らして、五郎蔵は隣に座る猫目を見やった。

「ほう、五郎蔵には解けたか」

「ええ……」

「だったら、はいどうぞ」

答を出してくださいと、十兵衛は手を差し出した。

「それはだな、猫目……」

五郎蔵の出した答に、猫目は大きくうなずく。

「なんだ、そんな簡単なことか。分かりました」

翌日より、五郎蔵から授けられた策をもって、猫目は仙石紀房の本拠に乗り込むことになった。


青大将を追いながら、猫目は仙石紀房の動きを探る。

月次《つきなみ》や五節句での千代田城の登城以外で、出かけるときの警備の様子を探れというのが、五郎蔵から授けられた策であった。

大名が公務以外でよく出かけることといえば、乗馬や鷹狩りなどの訓練や道楽などである。

十兵衛たちの主君であった水谷重治も、数名の供侍を率いては三里先の下屋敷の馬場まで、乗馬の訓練で通うことがあったと聞いている。

同じ大名である。仙石紀房も行動は同じようなものだろうと、そんな出かけの機会を猫目はうかがっていた。

そして、数日が経ったある日の朝。裏庭にある厩舎《きゅうしゃ》の動きが慌しくなったのを、猫目は感じていた。

「……もしかしたら？」

青大将を探す振りをして、厩舎の動きを横目で見やる。

「今日は、芳風《よしかぜ》に乗っていくとの仰せであった。即刻、乗馬の仕度をいたせ」

武具奉行が、馬番役に指図する声が猫目の耳に入った。

「かしこまりました」

手綱《たづな》や鞍《くら》などが芳風という名の馬に取りつけられ、厩舎から出されてきた。

馬番役が芳風の手綱を曳き、表門へと回る。猫目は、青大将を捕まえる振りをして、そのうしろを追った。

上屋敷内の警護は、思ったより厳重ではない。それでも、警護役の侍はあちらこちらでうろちょろしている。

表門が見渡せる場所まで来て、猫目は捕まえた青大将を一匹袋から取り出し、庭に放った。

「おい、そこの者何をしている？」

背中から声をかけられ猫目が振り向くと、小袖に襷をかけ、野袴を穿いた侍が仁王立ちしてつっ立っている。

恰好からして、おそらく紀房の供侍と見える。

「あっしは、あれを捕まえよと雇われた者でございます」

屋敷内では、蛇とか青大将は禁句である。

「そうか。そういえば、そんな者を雇ったとご上役が言っていたな。それで、こんなところで何をしている」

「へえ、あれを追いかけていましたら、ここまで来てしまいまして。ほら、あそこにいるでしょう」

「ん、どこにだ？」

「ほら、あそこです」

猫目が指さす先に、青大将が一匹長い姿を晒して横たわっている。ずっと袋に入れられていたからか、蛇腹が変調をきたし動きが緩慢《かんまん》であった。

「おお、いるな。なんだか、疲れているようだぞ」

「左様でございますねえ。おそらく、逃げ疲れたのでありましょう」

「ならばこのすきに、とっとと捕まえればよいではないか」

「そんな簡単にいかないのが、あん畜生の業《ごう》でありまして……」

「もうすぐ殿がここを通るから、それまでになんとかいたせ」

分かりましたと、猫目は深々と頭を下げた。

「そうだ、その方……」

「はい」

「下屋敷まで、同道せぬか？」

「同道とおっしゃいますと？」

「一緒に来いということだ」

願ってもない、家臣の言葉であった。

「馬は、乗れませんが……」

「馬など乗らんでよい。うしろに歩いてついてまいれ」

「どちらに行きますので？」

「下屋敷だ。そこにもあれがいてな、殿から退治しろと言われている。ちょうどよい、そちが行って頼むぞ」

大諸藩の下屋敷は、赤坂溜池《ためいけ》の近くにある。

この日紀房は、下屋敷にある馬場で、乗馬や弓術の訓練をたしなむために出かけるところであった。

七

馬上にいるのは、紀房一人である。

手綱を二人で曳いて、うしろに警護侍が十人ほど徒歩でつく。猫目はその最後方についた。

この行列が、堅固なのかどうか猫目には分からない。普段を見ていないからだ。ただ、その様を猫目は頭の中に叩き込んだ。

下屋敷までは、およそ半里ほどであった。歩いても、四半刻ほどで着く。

一行が、下屋敷の門前へと着いたと同時に、朝四ツを報せる捨て鐘が、遠くから聞こえてきた。

下屋敷には、直線でおよそ一町の馬場がある。

紀房は着いたと同時に馬場に出ると、芳風を走らせた。

下屋敷の庭は、鬱蒼《うっそう》としている。竹藪もあって、けっこうあれがいそうだ。

「殿はな、あれがいるので、あまり下屋敷に来るのはお好きではないのだ。だが、今日は芳風という名馬を手に入れたので、ここの馬場で試し乗りをしておるのよ」

猫目を下屋敷に連れてきた警護役が、耳打ちしてくれた。

「そうすると、お殿様は滅多にここには来られないのですか？」

「ああ、あれが出る季節はほとんど来ない。来るとすれば、晩秋から早春にかけてだな」

猫目は、紀房が下屋敷に来るときを狙ってもよいと考えていたが、近々ではあまりその機会はなさそうだ。

「それにしても、お殿様はいつもこのぐらいのお供をつれていらっしゃるのでございましょうか？」

親しくなった警護役に、猫目は思い切って訊いた。

「そうだな。昼間は、いつもこんなものかな。夜のお忍びでは目立たぬよう、もう少し手薄になるがな」

このとき猫目はふと思った。

——皆川弾正が、襲われたことを知らないのかな？

そこに、警護役の声がかかる。

「どうしてそんなことを訊く？」

「いえ、なんでもございません。生まれて初めてお殿様のあとについてきたものですから、ふとそんなことを思いまして」

誤魔化しが下手だと猫目は思ったものの、警護役に疑いの様子はなかった。

「左様か。まあ、よいから藪に入ってできるだけ多くあれを捕まえ、どこかの山に捨ててまいれ」

「分かりました。それでは……」

と言って、猫目は鬱蒼とした裏庭の、藪の中へと入っていった。


その夜、猫目は昼間の経緯を十兵衛、五郎蔵、そして菜月を前にして語った。

「下屋敷から、上屋敷に戻ったのは、夕七ツごろでして……」

「それまでは、ずっと下屋敷の中にいたのだな？」

「ええ。乗馬とか弓術の鍛錬などしてました」

十兵衛の問いに、猫目が答える。

「おおよそ、供侍は十人とみてよいでしょうな」

「お忍びで出る夜は、もう少し手薄とか言ってたな」

五郎蔵と十兵衛が、順繰りに口にする。

「おそらく、そんな警護の数では弾正襲撃のことは知らんのでしょうな」

「そうだろうな。やはり、七月の四日の帰りがけで決行だな」

この日、猫目が仕入れてきた情報は、大いなる収穫をもたらすものであったと、ここにいる四人、誰しもが思っていた。


翌日の朝。

猫目が上屋敷に入り、四半刻ほど経ったころであった。

そのとき、一匹の青大将が裏庭に面する小書院の間の床下へと、その長い体を潜《もぐ》らせていった。猫目も青大将を捕まえようと、床下に潜る。猫目は、暗い中でも目が利いて素早く動くことができる。四つん這いになって、青大将を追った。

すると、上から床板を通して話し声が聞こえてきた。

「殿……」

「なんだ、雄之助《ゆうのすけ》？」

「先日来より来ておりまする、あれ獲りの者でございますが」

もしかしたら、自分のことを話しているのかと、猫目は床板に耳をくっつけ話を聞き取ることにした。

床板一枚と畳の上でのことである。

小書院の御用の間で、きのう猫目を相手にしていた警護役の家臣が、仙石紀房と向かい合っていた。

「あれってのは、気持ちの悪いあれのことか？」

「御意《ぎょい》」

と聞いて、紀房の顔が見るからに不快そうなものとなった。

「それが、どうした？」

しかめっ面となって、紀房が問う。

「いささか、怪しい者と思われませんか？」

「いや、別に思わぬがのう。あれがだいぶいなくなって余は満足しておるが、どうしてそのようなことを訊くのじゃ？」

反対に家臣が問われる。

「きのう、殿が下屋敷に出向くさい、その出がけを探っていた様子に見えまして。それと、供侍の数を気にしていたような感じがいたしました」

「いや、それは雄之助の気のせいであろう。あの者は、佐原藩の篤姫君から紹介された者。別段怪しい者ではない。紹介状もあるよってな」

「左様でございましたか。篤姫様からのご紹介とあらば、間違いはございませんでしょう。これは、朝っぱらからご無礼をいたしました」

「用はそれだけか？　ならば下がってよい」

「はっ。失礼つかまつりまする」

「ちょっと待て、加山《かやま》」

警護役家臣の名は、加山雄之助と言う。その加山が立ち上がったところで、紀房が止めた。

「どうだ、その後旧松島藩の浪士たちに不審な動きはないか？」

「はっ、今のところは。弾正様の飯森藩と連絡を密にし、旧水谷家の浪士たちを調べ上げております。江戸に在籍している不穏分子たちは、おおよそつかんでおります。その者たちに不審な動きがあれば、事前に制する手はずができております。ですが、問題は国元から江戸に出てきた者が、どれほどいるかということです。その数が、分かりませぬ。中には、町人に身を変えている者もおるでしょう」

「国元で、弾正殿が襲撃されたと聞いて、余は驚いた。また赤穂浪士のような討ち入りがあるのかと、肝を冷やしたぞ」

「ですが、それほどのことはありますまい。幕府のほうでも、目を光らせておりますからな」

「そこでだ、加山。不審な動きを察知し、事前に制するのでは手が甘い。旧水谷家の残党を調べ上げたら……」

「……と言われますと？」

床の上では、とんでもないことが話されている。猫目は、さらに耳を近づけたものの、その先は声音が落ちてさすがの地獄耳も役には立たなくなった。

「よいか、一人残らずだぞ。どこかに仕官している者は除いてだ」

「はっ、かしこまりました」

紀房と加山の会話はここまでであった。

途中が抜けているものの、猫目にはある程度想像がついた。

「……始末をしろってことか」

呟きながら、唇を噛みしめる。

幸いにも、まだ十兵衛たち四人の身元は知られていないようだ。だが、この先はどうなるか分からない。

猫目は、すぐにでも戻りたい衝動に駆られた。

大諸藩上屋敷で捕らえた青大将は、九匹である。十匹放り投げたので、あと一匹残っているが、それは今床下に潜っていったものであった。

猫目の二間先に、そいつはいた。

「……奴をとっ捕まえれば、ここともおさらばだ。あの護衛役はおれのことを疑っている。もう、ここには長居は無用だろう」

猫目は呟くと、二間先にいる青大将の元に近づいた、そのときであった。

「ごめん」

と、上で声が発せられたと同時に、グサッと畳をつく音がした。猫目の目の前に落ちてきたのは、槍の冷たい穂先であった。あと、五寸も前に出ていたら、猫目の頭を貫通していたところだ。

槍の穂先は、猫目の目の前を通り過ぎ、地べたまで達した。

かわいそうなのは、青大将である。猫目の代わりに、犠牲となった。

槍が引かれ、青大将は胴の中ほどから二つに割れた。

「やはり、怪しい者が床下におりました」

槍の穂先には、青大将の血糊がついている。

「何やら、体の薄い部分を貫通した手ごたえがありましたので、掌《てのひら》かどこかを刺したものと思われます」

「間者《かんじゃ》が忍び込んでおると申すか？」

「御意。おそらく、それはへ……いや、あれ獲りの者かと思われます」

「やはり、水谷家の残党の者であったか」

「と、思いとう存じまする」

「よし、捕らえてまいれ」

すでに猫目は、床下から外に出ている。何食わぬ顔で、庭の草むらに腰をかがめていた。

「あと一匹、あと一匹……」

と、声を出しながら青大将を探す振りをする。

「おい、その方……」

振り向くと、家臣が三人立って猫目を凝視している。その中に、加山雄之助と呼ばれた警護役が交じっていた。

「はい。あっ、きのうは失礼をいたしました」

加山に向けて、猫目は大きく頭を下げた。

「どうやらもう、このお屋敷にはあれはおりませんようで。いても、あと一、二匹かと思われます」

「そんなことはどうでもよい。草むらから出てまいれ」

　分かりましたと言って、猫目はたっつけ袴についた泥を手で払った。

「おや、どこも怪我をしていないな」

　血など出ているところは、体のどこにもない。ましてや、痛がる様子もない猫目に、加山は訝しそうに首を傾げた。

「怪我と申しますと？」

「いや、なんでもない」

　床下に潜っていたのは、猫目でないと取った加山は、配下に向けて命じる。

「床下に、誰か忍んでいた。かなりの手傷をおってるものと思う。そなたたち、潜って捕まえて来い」

「はっ、加山様……」

　若い家臣たちは、加山に命ぜられ床下へと潜っていった。床下を探ろうと、龕灯《がんどう》提灯を手にしている。

「ぎゃーっ」

　やがて、床下から悲鳴らしき声が聞こえてきた。そして、青い顔をした家臣が床下から這い出てきた。

「いかがいたしたのだ？」

「あれが、あれが真っ二つになって死んでおります」

「その、気持ち悪さったらなかったです」

どうやら、家臣二人も苦手らしい。槍で刺したのは、青大将だと加山は知った。

「そのままにしておいたら、祟《たた》って出るぞ。そうだ、その方あれの死骸を始末してくれぬか」

「かしこまりました。おそらく、それであれは最後のあれだと思われます。どこかの藪に捨ててきますので、これでお役目ごめんとしてよろしいでしょうか」

「そうであるな。ご苦労であった」

「それでは、その提灯の明かりを貸していただけませんか」

「よし。仕事を終えたら、そこに置いといてくれ」

真二つに分かれたあれの死骸を見るのはいやだと言って、家臣三人はさっさとその場を立ち去っていった。

猫目は、床下に潜ると青大将の死骸をそのままにした。

「かわいそうに。おれの代わりになってくれたんだ。せいぜい、この家を恨んで祟ってやれ」
そして、頭陀袋には土を入れて外へと出てきた。

第四章　いざ襲撃決行

一

猫目が床下に潜《もぐ》って、既《すんで》で槍の穂先をかわしたそのころ。

露月町の長屋にいた十兵衛を、訪ねてきた者がいた。

「ごめんくだされ」

油障子の戸口の先から聞こえてくる声を、十兵衛は畳に寝そべりながら聞いた。取り立てて陰聞き屋の仕事もなく、暇な十兵衛は、昼間はのんびりと過ごすこのごろであった。

「どちらさまでございましょう？」

面倒くさいと思いつつも、出ないわけにはいかない。遣戸《やりど》を開けずに、障子越しに声を投げた。

「人別《にんべつ》改《あらた》めのために来ました」

「……人別改め。お役人さんですか？」

「そう、役人です」

自分から役人と言う者などいないと思ったものの、十兵衛は遣戸を開けた。

それは、どこかの家中の者とみられる侍二人であった。

小袖に平袴。そして、夏向きの薄い紋付き羽織を身につけ、腰には、大小二本の刀を帯びている。

羽織の色は、一人は浅葱《あさぎ》色。そして、もう一人は薄い鼠色といったところか。とても奉行所の同心とは思えない。

十兵衛は、とうとう来たかと咄嗟に警戒をした。

「人別改めとおっしゃいますと？」

「ここの長屋に、最近住み着いたという浪人がいると聞きましてな、素性を尋ねにまいった次第でござる。ええ、何も他意はございませんので、ご安心を」

喋るのは、片方一人である。もう一人は、十兵衛の姿にずっと目をこらし、観察をする目つきであった。

「二言三言尋ねたいがよいかな？」

「えっ、まあどうぞ」

と、言わざるをえないと、十兵衛は口ごもりながらも答えた。

「それでは訊きまするが、お手前はどちらの出でござりまするかな」

口調は丁寧である。それだけに、他意は充分にあると十兵衛は取っていた。

——飯森藩か大諸藩の家臣に、間違いあるまい。

十兵衛は、おおよそ相手の素性は想像がつく。それだけに、対処のしようがあった。

気をつけなければならないのは、信州の方言である。

「わいでっか？」

十兵衛の口調は、にわかに上方弁《かみがた》となった。朧月南風と話をしていて、仕入れた発音を駆使する。

「その言葉は、上方ですか？」

「ええ、摂津《せっつ》ですがな」

「左様ですか。それで、いつごろから江戸に？」

「へえ、かれこれ三年ほどになりますかなあ」

「ここの長屋に来る前は、どちらに？」

「神明町の、作兵衛店でおます」

ぎこちない上方弁と思いながらも、相手は聞いたこともない言葉づかいに、疑う様子は見えなかった。

「ところで、その派手というか地味というか、当世変わった恰好でござりまするな。そうだ、絵草紙で見た柳生十兵衛を彷彿とさせますが、なぜにそんな姿に……？」

やはり、他人からは奇異に見えるのであろう。

「ああ、この形《なり》ですか。これは、看板でござる」

「おや、急に江戸の言葉となりましたな」

「ええ、三年も住んでますと、言葉も半分半分になってしまいますがな」

うまく江戸弁と上方弁を織りなして、十兵衛は答えた。

「看板と、おっしゃいますのは？」

これには、かねてから答を用意してある。

「困っている人の悩みごとを聞く相談屋でありますからな。恰好だけでも、強そうに見せておかんとあきまへん」

「なるほどのう。どうだ、ご同輩。怪しいところは、あるかな？」

「いや、別段見受けられないですの」

「なんですか、怪しいところといいますのは、誰かお捜しで……？」

「いや、すまなかった。最前、人別改めの役人と方便を言ってしまった。ちょっと、人を捜しておってな。浪人を見かけるたびに、訪ね回っているのだ。いや、ご無礼をいたした」

と言い残し、二人の侍は去っていった。

相手の目論見は、十兵衛にも知れるところだ。

「……やはり、旧松島藩浪士の動向を探っているのだな。これは気をつけんといかん」

なんの疑いを抱いた様子もなく、去っていった侍に、十兵衛はほっと安堵の息を吐くのであった。


それから半刻ばかり経ったとき、十兵衛のところに猫目がやってきた。

正午《ひる》どきに近く、うまか膳は忙しい最中である。五郎蔵と菜月で切り盛りしているが、手としては二人いれば充分なほどの客の数であった。

猫目がそこにいては、なんの用もなさぬし、むしろ邪魔になるだけだ。となれば、十兵衛のところにしか行くほかはない。

「ここに来るときは、猫目。気をつけたほうがよいぞ」

「何かありましたので？」

「先ほどな、二人の侍が来て根掘り葉掘り訊いていったわ。おそらく、大諸藩か飯森藩の家臣であろう。拙者は上方弁で誤魔化してやった」

「とうとう来ましたかい。それでね十兵衛さん、えらいことを仕入れてきましたぜ」

「ほう、えらいことってか。なんだ、いったい？」

　猫目は、床下で聞いてきたことを十兵衛に語り聞かせた。

「やはり、弾正襲撃のことは知っておったか」

「それと、旧松島藩浪士の残党探しにも、両家はかなり熱を入れてるようですぜ」

「紀房は、残党を調べ上げたら……ってところで、急に声音が落ちまして。ですが、前後の言葉からして、始末をしろと命《めい》を授けたようでありました」

「何、始末ってか？　それってのは、亡き者にしろとの命令だろう」

「そういったことになりますかね」

「殺《や》られる前に、殺ってしまえっていうことか」

「加山という家臣の話ですと、とくに国元から江戸に出て来た浪人が把握できないとか……」

「それで、浪人の形《なり》を見つけては、どこの出だと問い立てているのであるな。信濃の方言で、一発で分かってしまうからな」

こういうこともあろうと、十兵衛たち四人は、江戸に出てくる間の一年間で、意識して信濃の訛《なま》りを消す訓練をしてきた。信濃の出だということを、分からせないためである。江戸弁はおぼつかないものの、どうにか誤魔化すぐらいのことはできる。

「そういうこってしょう」

「五郎蔵と菜月にも、気をつけさせないといかんな」

そこにもってきて、十兵衛たちが幸いであったのは、松島藩家臣の中でもその存在がほとんど知られていないことだ。ほとんど陰に隠れ、姿を現さなかったのが、今となっては都合がよい。

十兵衛たちのことを知っているのは、江戸の中では今や、両替商武蔵野屋の主《あるじ》堀衛門だけである。

それでも十兵衛からは、国元の家臣ならば陰から見ていたので、会えばそれと分かる者も多い。

「これは、なんとかせんといかんな。見かけたら、注意を促さねばならん。とりあえず、江戸から離れろと……」

「それで、江戸詰めの家臣はどうなさるんで？」

「あらかたは、素性が知れてしまってるのであろう。拙者らが、どうこうしようにもできないではないか」

「そうですよねえ」

猫目が、うなずいて得心《とくしん》をした。ここは、国元から出てきた家臣を捜し出すことが先決だと、十兵衛と猫目は思った。

「どっちが、捜し出すのが早いかだ」

だが、すぐにその考えは猫目の一言で、覆される。

「捜し出すといいましてもねえ……」

広い江戸八百八町である。それに加えて、大川の向こうは本所《ほんじょ》、深川まである。それを考えたら、いささかめげる。

「当座、拙者と猫目で歩いたところで、たかが知れてるか。そんな、疲れるようなことはしたくはないし、だいいちそれは拙者らの本懐ではないからな」

「それよりも、あっしらが弾正と紀房の首を取るのが先決では、ないですかい？」

「まったくそのとおりだ」

予定どおりの決行だと、あと半月もない。そこで、一人を討ち果たすのだ。一人目の、紀房には命を渡すことはできない。用意周到の準備が必要であった。そして、すぐさま次の弾正も襲う。こちらは、刺し違えてでもかまわない。玉砕覚悟で、襲撃することを四人は誓い合っていた。

二

十兵衛たちが、妙な立場に立たされたのは、さらに翌日のことであった。

正午までに、半刻ほど残すころであった。

「大名小路の大欅の下に隠れていて……」

十兵衛が寝そべりながら、紀房襲撃の構想を描いているときであった。

「ごめんくだされ……」

「ん、また客か？　どこかで聞いたような声だな」

独りごちて、十兵衛は襲撃の構想を脳裏から取り除いた。

「どちらさんで？」

油障子を通して十兵衛が声を投げた。

「きのう、うかがった者だが」

声に聞き覚えがある。十兵衛は、露見したと思い咄嗟に身構えたが、相手の次の言葉で気持ちを切り替えた。

「お願いしたい儀がありましてな。きのううかがったとき、他人の悩みを聞く相談屋と言っておったが……」

「左様でおます」

にわかに上方弁となって、十兵衛は遣戸を開けた。すると、きのう訪ねて来た侍二人が、まったく同じ衣装を着て立っている。

表情はきのうよりも穏やかで、探りに来たという様子はまったくといっていいほどうかがえなかった。きのうは、十兵衛のことをなめ回すように見ていた片方の侍も、今は顔に笑みさえも浮かべている。

それでも、訪ねて来た目的が分からないことには、十兵衛も注意を怠ることはできない。気持ちの中では、身構えていた。

「それで、何用でありますかな？」

努《つと》めて平静を装い、十兵衛は訊いた。

「ちょっと、頼みたいことがあってな。中に入らせてもらってよろしいかな？」

そのやり取りを、長屋の木戸のところで猫目が見ていた。

外で待つことにした。

できれば、顔をつき合わせたくない相手であった。侍たちが出てくるまで、猫目は

向こうは、猫目の顔を知っているかどうかは分からない。

猫目の顔は、驚きの表情となった。大諸藩上屋敷で、見かけたことのある面である。

「……あれは、大諸藩の家臣」

ほとんど何も家具のない部屋で、十兵衛と侍たちは向かい合っていた。

「身共らは信濃は大諸藩家臣で、拙者の名は、三波春吉《みなみはるきち》」

よく喋るほうの侍が、甲高い声で名を語った。

「拙者は、村田英之助《むらたひでのすけ》」

こっちは、終始無口で声音も低い。先ほどは、ちょっと笑顔があったのだが、何が面白くないのか、今は顔が憮然としている。

「すまぬな、村田のほうはあまり愛想がよくないのでな」

三波が、村田の無愛想を詫びた。十兵衛は、村田の様を気にしていたのだが、それは性格からくるものだと知り、ほっと一つ安堵の思いとなった。

「今日訪ねて来たのはですな……」

三波の口から理由《わけ》が語られる。

「これは、内密にしていただきたい……」

内密にというところが、陰聞き屋の真骨頂《しんこっちょう》である。

「それは、拙者の仕事の一番大事なところ。本来は陰聞き屋といいはりましてな、他人様の秘密を絶対に外には漏らさぬのを信条としておりはります」

三波の切り出しに、十兵衛がいい加減な上方弁をまじえて答える。

「それは頼もしい。ならば、一つお頼み申そうか。のう村田殿、よろしいかな？」

「よいだろう」

村田の返事は一言であった。

「それで、頼みごとというのはですな……」

大諸藩の江戸家老と警備役とで、話し合ってのことだと前置きを言う。そして、話は根幹へと入っていった。

語りが進むたびに、十兵衛の心の中に戸惑いが生じてくる。依頼ごとの中身を要約すると、大きく二つのことであった。

一つは、江戸に流れてくる旧松島藩の浪士を捜してくれということであった。

それともう一つは、たまに出かける藩主仙石紀房の警護を頼むということであった。

「その身形《みなり》からして、かなりの手練とお見受けする。警護の行列にはつくことなく、陰から怪しい者を見張っていてくれればよいことだ」

さすがに、細かい経緯までは三波の口からは出なかった。

「当方の家臣は、お笑いめさるなよ、どうも、こっちのほうが駄目な者ばかりでありまして……」

刀を振る仕草をしながら、三波が言う。

「こちらの、村田様などかなりお強そうですけど……」

「いや、見かけばかり。面ばかりは厳しいですが、腕っ節はとんと……」

「余計なことは言うな」

口をへの字に曲げて、村田は三波の言葉を制した。

十兵衛たちがつけ狙う相手の、その警備をしてくれとの依頼であった。

戸惑いが、十兵衛の心の中を駆け巡る。

そうかといって、紀房をつけ狙うのはおれたちだとは、口が裂けても言えない。しかし、相手の懐に入り込むにはまたとない機会である。しかし、一つ間違えたら本懐どころではなく、すべてが終わる。危険極まりない策であった。

しかししかしが、心の中を駆け巡る。どうしようかと、十兵衛は迷いに迷った。

「いかがいたしましたかな？　そうか、報酬を気になされてるのですな。でしたら、旧松島藩士を一人捜すごとに一両。居どころを報せてくれるだけでよろしいのですぞ」

――そうだ、このことも引っかかっていた。

戸惑う原因は、旧松島藩士を裏切ることにあった。その値が一人につき一両と聞いて、十兵衛の気持ちは塞《ふさ》いだ。

「……一両ですか」

「一両では、不服かな？」

十兵衛の呟きを、三波は報酬の駆け引きと取った。

「それでは、一両と一朱でどうですか？　もう、これ以上は出せませんぞ」

二両だろうが三両だろうが、気持ちはそんなところにはない。金のために、藩士をつき出すことはできない。

「何を考えておるのかな？　一両一朱では駄目だと……」

ここで何かを言わなくてはいけないと思うものの、十兵衛の頭の中はまとまらない。答一つでもって、疑われることにもなりかねないのだ。

「いえ。どこのお方であろうと、見つけてつき出すことなど、とても卑劣で心情としてできはりませんなあ」

ここは、断るのが一番だと十兵衛は口にする。ときどき上方弁をまじえなくてはならないのが面倒なところだ。

「左様か。ならば、旧松島藩士のほうはあきらめますかな……」

あっさりと相手が引いたのには、何か別の魂胆がありそうだと十兵衛はとらえた。

「ただし、警護のほうはお引き受けいたしましょう」

両方断っては、むしろ疑われることになりかねない。

「それで、報酬はいかほどになりまんねん？」

金が目当てだと言えば、相手の気持ちを逸らすことができる。

「おう、そうであったな。ならば、殿の一回の外出につき一両でいかがかな？」

「ただ、ついていくだけで一両でっか」

「ご納得いただけたかと？　それではよろしく……」

「ちょっと、待ってくれまへんかな。ただ警護について行くのに一両はありがたいですが、誰かが襲ってくることが考えられるのでおまへんか。そのとき、お殿様を救うために立ち回りますが、それでも一両でっか？」

少し欲づくなところを見せることによって、相手を信じ込ます。

「それもそうだの、もっともな要求だ」

　相手は十兵衛の策に嵌《はま》ったようだ。

「そのときは、五両上乗せしようではないか」

「喜んで、お引き受けいたしましょう」

　気持ちの中に喜びはなかったが、十兵衛に迷いもなかった。相手の懐に飛び込めれば、むしろ本懐の機会を容易に与えられたも同然だ。警護の振りをして、襲撃の機会がうかがえる。そんな思いの笑みが、十兵衛の顔からこぼれた。

「左様か、喜んで引き受けていただけますか。よかったのう、村田」

「ああ」

　よかったのかよくないのか、村田の返事は無表情であった。

「それで、お殿様はいつ外出をなさるのですかいな？」

　ちょっと上方弁の使い方を間違えたと思い、十兵衛の心に一瞬焦りが生じた。

「そうでしたな。それはここで話すのはなんだ。明日にでも藩邸に来てくれぬか？」

　相手に、気づかれてはなさそうだ。十兵衛は、ほっと安堵の息を吐いた。

「……それでは、よしなにのう。頼みましたぞ」

「はい。ほな、おおきに」

十兵衛の上方弁に送られて、三波と村田という大諸藩の家臣は帰っていった。

ほどなくして、猫目が十兵衛のもとへとやってきた。

「あれは、大諸藩の家臣たちでしょ。もしかしたら、きのう来たというのは……？」

「ああ、きのう来たのは、あの連中だ。それにしてもよく分かったな、猫目」

「大諸藩の上屋敷で見かけましたから。それで、なんの用事で来たんです？」

「それがな、猫目……」

と言ったまま、十兵衛は笑い出した。

「何がおかしいのです？」

猫目が訝しそうに訊く。

「殿様を守ってくれだと。笑っちゃうべよ。いかん、思わず信濃弁が出ちまった」

「なんですって？　紀房の警護の依頼を十兵衛さんに……」

「それどころではないぞ、猫目。旧松島藩の浪士たちを見つけてくれってのだ。一人につき、一両一朱出すと」

「それで、十兵衛さんは引き受けたのですか？」

「ああ、警護のほうはな。だが、浪士をつき出すような、そんな卑劣なことはできんと断った」

「十兵衛さんが断っても、誰かがやるのでしょうねえ」

「そうかもしれんが、拙者にはできん」

あわよくば、みんな逃げ回ってくれというのが、十兵衛と猫目のこのときの願いであった。

三

その翌日の朝四ツ。

十兵衛は、三波から言われたとおり、大諸藩の上屋敷へと赴いた。

門番の案内で、邸内に入ったときであった。

「おりゃあー」

いきなり側面から十兵衛に向けて、打ちかかってきた者がいた。

「なんと」

十兵衛は、既《すんで》のところで刃をかわすと、腰に差す大刀を抜いた。一瞬でもの打ちを天に向け刀を裏返すと、上段から振り下ろした。

ガツッと上腕の骨に当たる音がしたと同時に、地べたに相手の大刀が横たわる。

「うー」

相手の呻き声を聞く間もなく、右側にもう一人いると感じた十兵衛は、自分のほうから打って出た。

返す刀を横に払う。グスッと胴を打つ手ごたえがあって地べたで一人、もがき苦しんでいる。

一瞬の出来事であった。

「いや、お見事お見事」

言ってもの陰から出てきたのは、三波春吉であった。

「これはいったい……?」

何ごとかと、十兵衛の憤怒《ふんぬ》の形相が三波に向く。

「いや、ご無礼をつかまつった。少しばかり、十兵衛殿の腕を見させていただいた。この者たちは、藩内でもけっこう腕の立つ者でござる。やはり、身共の目に狂いはなかった。見る間に二人を討ち果たし……いや、討ち果たしたというより、一瞬での刀の返しでよく棟で打っていただけましたな。大したお手練でございます」

十兵衛の、剣の腕を試すために仕掛けられた襲撃であった。

すぐには憤りは治まらないものの、十兵衛は刀を鞘に収めると、三波のあとに従った。

客間に通されると、向かう相手は五人であった。その中に、知っている顔があり、十兵衛の心の臓が一つ鼓動を打った。

四人の中に、沼田という警護役が交じっていた。十兵衛が、仙石紀房の動向を探りに来たとき、相手にした家臣であった。

——顔は見られてはないと思うが……。

十兵衛に、不安がよぎる。

「このお方が、殿の警備の助っ人となってくださる十兵衛殿だ。今しがた腕を試させてもらったが、大した剣の遣い手であった」

三波が十兵衛を褒め称え、ほかの三人の家臣に紹介をするが、沼田の表情に変化は見られない。

あのとき、網代笠を目深にかぶり、町人の恰好をしていたのがよかったのだと、十兵衛はつくづく思う。

「菅生十兵衛と申しまする。よろしゅう、お頼みします」

両手を膝において、十兵衛は腰を折った。語尾を上げ、上方弁は忘れない。

「拙者と村田は知っておりますな。それで、こちらが沼田勘兵衛《かんべえ》であっちが谷川岳之《だけの》助《すけ》と申します」

「よしなに……」

「よしなに」

沼田と谷川が、小さく首を下げた。十兵衛も無言で、うなずく。

「それにしても、剣豪に相応《ふさわ》しい姿ですな」

沼田が感心したように言う。やはり、十兵衛のことを気づいてはいないようだ。

「まるで、柳生十兵衛か宮本武蔵の生まれ変わりのようですな」

よく喋る沼田だと、十兵衛は思った。その様子は、惚《とぼ》けているともみえる。それだけに、警戒をしなくてはならないとも。

「やはり、かの剣豪を意識してその姿を？」

「いや、そんなことはありまへんが……」

沼田の問いに、十兵衛が答える。

「おや……？」

「いかがしたかな、沼田殿？」

怪訝な表情となった沼田に、三波が訊いた。十兵衛は、これは気づかれたかと、ここでもドキンと一つ、心の臓が鼓動を打った。だが、表情にはそんなことは曖気《おくび》にも出していない。

「いや、なんでもない。ちょっと、聞いたことのあるような声でしたのでな。まあ、同じような声なんぞ、どこにもいるでしょうからな。十兵衛殿は、上方のお方かな?」

「へい、摂津でおま」

ちょっと上方弁の使いすぎだと思ったものの、相手の問いに引っ張られる。

「左様でしたか。声音が似ていたと思ったのは、身共の気のせいでしたな」

「だったら、もうよいではないか沼田殿。本題に入ろうぞ」

「左様ですな、三波殿……」

剣術のほうは、あまり強くないと三波は言っていたが、ここは隙を見せると大変なことになると、十兵衛は褌《ふんどし》の紐《ひも》を締める思いであった。

話が本題へと入る。

「ところで十兵衛殿……」

「いや、待て三波。これからは拙者が話そう」

今まで五人の真ん中に座っていた男が、初めて口を出してきた。かなりの上役に見える。

「はっ」

「拙者は、春日八衛門《かすがはちえもん》と申す」

役職を伏せて、春日は名乗った。

これから十兵衛に話しかけるのは、春日であった。ほかの四人は、もっぱら十兵衛の様子に目を凝らしている。

「はい、なんでございますねん？」

「きのうそこもとは、旧松島藩の浪士を見つけるのを拒んだというが、ならばこんなことを引き受けてくれ」

ほかの家臣と違い、居丈高《いたけだか》である。

「こんなこととは、どういうことでんかいな？」

返事をするのに、いちいち上方弁を出さなくてはならない。それで助かったとは思うものの、面倒なのは否めない。もう、適当にやれと十兵衛の上方弁は、ますますおかしくなった。

「われわれが捜し出した浪士たちを、始末してもらいたい」

春日が、臆面もなく悪逆非道を口にする。

「始末ってことは、殺すってことですかいな？」

しかし、十兵衛は努《つと》めて冷静に振舞い、顔に変化は見せずにいた。

「そういうことだ」

十兵衛は、ここではたと考えた。そして、答を出す。

「ほな、やらしていただきましょう」

偽りの上方弁で、十兵衛は偽りの答を返した。

「ほう、できるか？」

「それで、一人殺すにつけ幾らもらえますねん？」

「一人につき、二両」

「それっぽっちですかいな」

ぷんと、顔を逸らして十兵衛は首を横に振る。

「欲の強い奴だ。よし、だったら三両出そう」

「駆け引きは、よしてくれまへんか。ちょっと拒むと、すぐ値を吊り上げる。人一人殺《あや》めるんですさかいな。こっちも命を懸けてるのだっせ」

「よし、分かった。もう、忌憚《きたん》のないところで五両で……」

「いや、十両」

首を横に大きく振り、きっぱりとした十兵衛の口調であった。

「分かった。十両で手を打とうではないか」

「引き受けましたでござる」

「おや、上方弁はいかがしたかな？」

訊いたのは、沼田であった。

「江戸が長いものでしてな、上方弁を忘れることも、それはありまっせ」

これはうっかりしたと、十兵衛は言い繕った。信州弁だけは、絶対に出さないとそれだけは肝に銘じている。

「そんなことは、どうでもよいだろうに、沼田」

春日のたしなめで、十兵衛は助かる思いとなった。

「それで、引き受けたからには、春日様……」

「なんなりと、申してみよ」

「殺したあとは、拙者のほうで葬ります。そこで、五両は前金でいただけますかな？」

これが適《かな》わなければ手を引くと、十兵衛は強気に出た。

「分かった。十兵衛殿の、意に添えるようにしよう。それでは、谷川……」

春日は、一番若そうな谷川岳之助に顔を向け、右手を差し出した。

「はっ……」

谷川の身分は低そうだ。一つ拝して、懐に手を入れた。出されたものは、封のない書付けであった。それを春日は受け取り、十兵衛の前に出す。

「これは……」

十兵衛が、書付けを広げて読むと、五人ほどの人名と所名が書かれてあった。

「全部で十人ほど始末をつけてもらいたい者がいる。まずは、そのうちの五人を始末してくれ」

「かしこまった。それで、この書付けはいただけますかいな？」

「むろん。ただし、絶対に他人には見せないように」

「それはむろんのこと。そんなことをしたら、拙者のほうが危うくなりますでんがな」

十兵衛は念を押す。

「それでは、谷川……」

はっと返事をして、谷川が部屋から出ていく。そして、戻って来ると十兵衛の前に、二十五両が一束となった切り餅一個が置かれた。

「五人分の前金だ、収めてよいぞ」

春日が手を差し出して、受け取れと言う。言われるがままに、十兵衛は懐に二十五両と書付けをしまった。

そしてその後、仙石紀房外出の日取りが言い渡される。

「来月七月の四日、夕七ツ某所に殿はお忍びで出かけることになっている。そこに同道してくれ。行きはよいのだが、帰りが暗い道中となる。このたびは、泊りではないので、おそらく帰りは宵の五ツ半ごろとなるだろう。列のうしろにいて、変事があったら出てきてもらいたい」

「かしこまりました」

と言っても、十兵衛は面従腹背《めんじゅうふくはい》である。これで、襲撃の日取りと刻限が分かった。踊りたいような気分となったが、喜びは心の奥の奥へと潜《ひそ》めた。

四

大諸藩上屋敷を出て、二町も歩いたところであった。

「十兵衛さん……」

猫目が十兵衛を追い越すようにして、小声で声をかけた。

「尾《つ》けてくる者はおりません」

それだけを言って、猫目は十兵衛を追い抜く。用心のために、猫目を外で見張らせていたのであった。

尾行されていないのを知って、十兵衛はうまか膳に足を向けた。

うまか膳では、客としての装いとなる。

「いらっしゃいませー。お独りさんですか？」

三人ほど先客がいて、菜月は十兵衛を一見《いちげん》の客としてあしらった。

「こちらでは、何がうまいかな？」

などと、惚《とぼ》けて菜月に訊く。

「そうだねえ、お客様……塩辛い焼き鮭ご膳などいかがでしょう？」

「それでいいから、もってきてくれ」

「はーい。塩辛い焼き鮭一丁……」

菜月が厨房に向けて声を放つ。

「塩辛い焼き鮭だな」

五郎蔵の声が、厨《くりや》の中から聞こえてきた。

昼間は、ほかの客たちにかかわりが分からぬよう、符丁《ふちょう》で話すことにしている。どこで、大諸藩や飯森藩の目があるか分からない。そんな警戒からであった。

これで話が通ったと、十兵衛は思った。『塩辛い焼き鮭ご膳』を十兵衛が注文したら、緊急の話があるとの符丁であった。

十兵衛に何かがあったと思った菜月は、ほかの客に不自然に聞こえないよう、鎌をかけたのだ。十兵衛は、それに応じて注文を出した。ちなみに、ただ食いたいだけなら『焼き鮭ご膳』と、言葉に変化をつけている。

塩辛い焼き鮭ご膳が運ばれてきた。

「お待ちどうさまでした」

塩辛い鮭で、あっという間に茶碗一膳のめしをたいらげる。

「これは、めしが進むな。もう一膳くれぬか」

十兵衛が、おかわりをする。

「かしこまりました」

と、菜月が受けて一瞬天井を見やった。もう一膳くれぬかと言えば、二階で待っているとの意味を含む。

うまか膳が開店してからの話し合いは、すべて二階の菜月が寝る部屋でおこなっていた。ちなみに五郎蔵と猫目は一階で寝起きをしている。

ほかの客は通さない、六畳間の一部屋であった。

十兵衛は、昼めしを食し終わると裏口に回り、そこから二階へと上がった。しばらく菜月の部屋で寝そべっていると、階段を上《のぼ》る足音が聞こえてきた。

「十兵衛さん、入ってもよろしいですか？」

返事をする間もなく、障子戸が開き猫目が入ってきた。

「ああ、猫目か」

手枕をして寝そべっていた十兵衛が、起き上がる。

「さっきはご苦労だったな。尾行はなかったが、長屋が見張られてるかもしれん」

「見張られるって、大諸藩で何かありましたのですか？」

「あったどころではないぞ、猫目。それは、五郎蔵と菜月が来てから言う。二重手間になるでな」

「客が途切れたら上がってくると言ってましたから、おっつけ来るものと」

「そうか。これから、猫目も忙しくなるぞ」

にんまりと笑って十兵衛が言う。

「へえ、どんなことか楽しみです」

十兵衛の笑みを、猫目は楽しいものと取った。

「……楽しみと言えるかどうか」

気持ちの重さの反動が、笑顔となって出たのを猫目は違えて取った。十兵衛が、そんな呟きを漏らしたときであった。

二人の階段を上《のぼ》る足音が、聞こえてきた。

「入りますよ」

五郎蔵の声が聞こえ、そして障子戸が開いた。

「店は閉めてきましたので……」

ゆっくり話せると、五郎蔵は渋面《じゅうめん》を浮かべて言った。

菜月の顔にも愛想はない。昼間に四人が集まっての話し合いは、うまか膳が開店してからは初めてのことであった。

よっぽどのことがあったかと、五郎蔵と菜月は緊迫した面持ちで十兵衛と向かい合った。

「客は引けたかい？」

「おかげさまで……」

客がいなくなるのを喜ぶ、因果な商いであった。

五郎蔵と菜月は、猫目から聞いてある程度のことは知っている。だが、十兵衛がこれから話すことは、三人とも初めて聞くことである。

大諸藩であったことを、十兵衛はおおよそ語った。

「……てことだ」

十兵衛が話し終えるも、三人の口が開いて塞がらない。襲撃をする相手から警護を頼まれたのにも、いささか驚いたが、旧松島藩浪士を一人一人始末する依頼の件では、さらに驚きを隠せるものではなかった。

呆気《あっけ》に取られている三人の前に、十兵衛は二十五両の塊《かたまり》と、討ち取る相手が書かれた書付けを差し出した。

他人には見せるなと言われているが、十兵衛は脆《もろ》くも約束を破った。

「これが殺す相手の名と居どころだ。とりあえず、五人。そして、あとから五人ということだ」

十兵衛を除く三人の目が、書付けを凝視している。十兵衛は、そんな三人の表情をうかがっていた。

「これを、七月の四日までに片づけてくれと言っていた」

「楽しい話じゃありませんでしたね」

「残念だったな、猫目」

苦笑いを浮かべて、十兵衛は猫目に向いた。

「それで、この仕事は拙者と猫目でやることにする」

「でしたら、手前らは？」

「五郎蔵と菜月は、紀房襲撃のときだけ動いてくれればいい。浪士の始末は、拙者と猫目に任せてくれ」

「任せてくれといいましても……」

菜月が、不安そうな表情を浮かべて言う。

「なんせ、一人につき十両だからな。この二十五両は、その前金だ。十人の始末で、ざっと百両が手に入る」

「十兵衛さん、見損ないました。お金に目が眩《くら》むなんて」

十兵衛のにんまりとした顔に、菜月が大声で詰《なじ》った。

「まあ菜月、そんなに怒るな。十兵衛さんには考えがあってのことだろうからな」

五郎蔵が、菜月を宥《なだ》める。

「さすが、年の功だ。伊達《だて》に歳《とし》をくってはないな」

「それで、十兵衛さんは、どんな手はずを考えているんです？」

五郎蔵が身を乗り出すと、菜月も猫目もそれに倣《なら》って体が前へと傾いた。

「拙者が考えた手はずとは、こういうことだ。耳を貸せ」

三人の耳に向けて、十兵衛は手段を語った。

「……そんなことで、四人が目立って動いてはかえってまずいのだ」

「そういうことでしたか。先ほどは、怒って申しわけありませんでした」

得心をした菜月が素直に謝り、頭を下げた。

「分かればいいさ、菜月。それじゃ猫目、今夜から取りかかるからな」

人を殺めるのに、昼間実行する者はほどんどいない。

「へい、分かりました」

「まずは、この浪士からだな」

十兵衛は腰に差した鉄扇を抜くと、要《かなめ》でもって、一人の名を差した。

「高倉健之助《たかくらけんのすけ》。日本橋田所町《たどころちょう》又兵衛《またべえ》店《だな》……」

それを五郎蔵が、声を出して読む。すると、四人の首が傾いだ。

「日本橋田所町って、どこですかね？」

と、誰ともなく口にする。土地勘のあまりない四人である。書かれた五人の居どころは、どこも聞いたことのない地名であった。

「猫目には、その地がどこかを昼間のうちに探ってきてもらいたいのだ。相手が住んでいる家までもな」

十兵衛は、夜動くことにしている。

「その町がどこにあるかは、まずは武蔵野屋の旦那さんに聞いたらいいだろう。だったら、さっそく行ってくれぬか」

「分かりました」

さっそく猫目は、相手の住処《すみか》の下調べにとうまか膳を飛び出すように出ていった。


そして、その夜。

暮六ツの鐘が鳴り、半刻もしてから十兵衛は動き出す。

大諸藩の家臣と思われる若侍が一人、もの陰から十兵衛が出てくるの待ち構えていた。十兵衛が長屋の木戸を出てから十間も歩いたところで、若侍が動き出す。十兵衛の首尾を見届けようとの魂胆がみえる。

「……やっぱり、こっちのほうで見張ってやがったな」

呟いたのは、猫目であった。十兵衛の見張り役を、猫目が見張っていたのである。

夜の帳《とばり》が下りた六ツ半ともなれば、大通りもめっきりと人の往来が減る。

十兵衛から十間離れて家臣が追い、そしてそのすぐうしろを猫目がついた。二、三辻を曲がっても、その差は縮まることはない。

そこで、猫目は若侍を追い抜き、十兵衛のうしろから小さく声をかけた。

「十間うしろを尾けてきますぜ」

「分かった」

と、互いに小声で言葉を交わし、猫目が何ごともないように十兵衛を追い抜く。

人通りのないところであった。

十兵衛は辻を曲がると、十歩も行ったところで止まった。そして、もの陰に隠れて若侍を待つ。

姿を消した十兵衛を、きょろきょろと探しながら近づいてくる。そして、二間ほどに近づいたところで、十兵衛は姿を現し若侍の目前に立った。

「何ゆえ他人《ひと》のあとを追って……おや、あんさんは？」

月明かりの中に、若侍の顔が浮かぶ。朝方四人の中にいた、谷川岳之助という男であった。

「拙者の首尾を見届けようとの魂胆か？　ならば、不要だから帰りなはれ。間違いなく討ち取ってくるさかい、心配せんでもよいぞ。それでもついてきなはるというなら……」

十兵衛は、刀の鯉口《こいぐち》を切った。静かな宵の中に『カチャッ』と乾いた音が鳴り渡る。

「わっ、分かり申した。身共は引き上げますから、よしなに……」

と言って、谷川は回れ右をして去っていく。その姿が、闇に消えるのを待って十兵衛は動き出す。

しばらくして、猫目が十兵衛のうしろについた。

「どうだ、もうついては来ていないだろ？」

「ええ、もう安心です」

「いや、向こうで待っているとも考えられる。用心に用心を重ねなければいかんよ」

意外と用心深い十兵衛であった。

五

その後十兵衛は、猫目の案内で高倉健之助の始末に日本橋田所町へと向かう。着いたのが宵の五ツ。江戸の八百八町が寝静まるころであった。

大諸藩の手の者が、見張っている様子はない。それをたしかめてから十兵衛と猫目は長屋の木戸を潜った。

「高倉健之助の住処はどこだい？」

又兵衛店は、五軒つなぎの棟割り長屋である。それが、向かい合って二棟建っている。都合十軒のうちのいずれかに高倉が住むが、十兵衛にはそれが分からない。

その十軒のうち、一軒に明かりが見える。

「ちょうど明かりが漏れているところです」

猫目に言われ、十兵衛は戸口の前に立った。

「ごめんください」

と、声を中に投げる。

「夜分、どなたですかな？」

戸口の遣戸は開かずも、中から男の声があった。

「高倉様のお宅はこちらでございましょうか？」

「左様だが。それで、わたしに何か……？」

逸《はや》る声音をぐっと押さえ、十兵衛は気持ちを落ち着かせて中へと声を投げた。

「ちょっと尋ねますが、高倉様は元松島藩に……」

「なんでそれを？」

驚く声を発したのは、高倉のほうであった。

「けして怪しいものではありません。高倉様は、大諸藩に心当たりはありませんか？」

「…………」

高倉の返事は無言であった。おそらく、顔を引きつらせているのだろうと、十兵衛は取った。

「拙者は、大諸藩から頼まれ高倉様を始末するためにやって来ました」

中に通るほどの小声で、十兵衛は正直に打ち明ける。

「わたしを始末だと……？」

障子戸の向こうでは、驚く顔となっているのだろう。

「左様。大諸藩は、元松島藩の浪士たちを調べ上げ、命を狙ってます。心当たりがあるのでしたら、やめたほうが無難ですぞ」

「刺客で来た者が、なぜにそのようなことを申す？」

「命をお助けしたいからです。ぜひともすぐに、江戸から出てくださいまし。ええ、いっときでけっこうですから」

「ちょっと、待ってくれ」

十兵衛の言うことを信用したか、戸口の障子戸が開いた。

「中に入ってくれ……」

言われるがままに、十兵衛が敷居を跨いだときであった。

「やっ！」

と、かけ声がかかり、瞬間目の前を刃の切っ先が奔《はし》った。十兵衛の鼻があと一寸高かったら、そげ落とされていただろう。かけ声の瞬間、幾分身を引いたのがよかった。

「何をなされる」

「知れたこと。そんな、世迷いごとを信じる者がいると思っておるのか。人の隙をつき、討ち取ろうとの肚《はら》なんだろう」

「いや、違う。これは……」

「まだ戯言を申すか。最初の一振りは仕損じたが……とぅ！」

今度は、袈裟懸けに斬り下ろしてきた。身構えている十兵衛は、左に動いて太刀筋をかわすと、腰に差した鉄扇を抜いて籠手《こて》を打った。パシッと乾いた音がし、そして三和土《たたき》に刀が落ちる音が聞こえた。

十兵衛の腰には鉄扇だけが差してあった。刀は猫目に預けてある。殺意がないことを示すつもりであったのだが、高倉のほうから斬りかかってきたのだ。

「うーっ、痛」

片方の手で、左手の甲をさする高倉にもう殺意はない。

「見てくれ高倉様。拙者は刀をもってはいない。殺《や》るなら鉄扇ではなく、太刀で討ち取っている」

「分かった。戸を閉めて、上がってくれ」

ここまで言われれば、高倉も十兵衛を信じるほかない。

猫目を外に待たせ、十兵衛だけが中へと入っていった。

四畳半の座敷に上がり、十兵衛と高倉が向かい合って座る。

「殺意がないのは、分かったから、経緯を詳しく聞かせてくれ」

高倉が、打たれた手の甲をさすりながら言った。

「拙者の素性は、明かすことができないが……」

十兵衛は、自らの名を告げずに語りはじめた。話は水谷重治の刃傷《にんじょう》が因《もと》で改易になったところからはじまり、飯森藩と大諸藩との確執までを要約して説いた。

それには、およそ四半刻のときを要した。

そして十兵衛は、名の綴られた書付けを示す。

「こっ、これは!」

高倉の表情は、さらに驚くものとなった。

「拙者が討ち果たすべき、お相手の名の一覧です。お手前方の策謀は、もう、大諸藩には筒抜けですぞ。先手を取って、先に仕掛けたってわけです。それで雇った刺客が、相手の味方だってのを知らずにですね」

「そういうことだったのか。それで、身共にどうしろと?」

「ここに五両あります。これは、拙者が大諸藩から皆さんを始末する報酬としてもらったものです。差し上げますので、これを路銀にして、ここから姿を消してください。ええ、拙者に殺されたことにして……」

「大体の経緯は分かった。それで、そこもとはなぜにそんなことを?」

「理由《わけ》は訊かないでいただきたい。そうしないと、こんな努力も無駄になりますから」

「分かった。そこもとを信じよう。ならば、ちょっと待ってくれ……」

高倉健之助は、それからさらに四半刻をかけ、書状を九枚書いた。小さく畳んだ草《そう》紙《し》紙《がみ》を、白紙で包みごはん粒をつぶして封緘をすると、四通には一覧にあった名を記し、あとの五通は表書きを白紙にした。裏面には高倉健之助と書き込む。

「これをもって回ってくれぬか。いちいちそこもとが危ない思いをして説く必要もない。身共からの使いだということにすれば、みなも得心をしよう。そう、みんなそこもとに殺されたことにして、姿を消すってことだ」

高倉の、この申し出はありがたいと十兵衛は思った。

「五人が済んでも、まだ五人いますが……」

「その五人も、おそらく我らも知っている者たちだ。その者たちには、表が白紙のほうの書状を渡せばよい……」

あとは任せてくれと、高倉の言葉に十兵衛は大きくうなずいて見せた。

「身共は、朝早いうちにここを抜け出すことにする」

高倉との密約が取れて、十兵衛は外へと出た。

路地裏で、猫目が刀を抱えて待っている。

「待たせてすまなかったな」

「いえ、どうってことはありません。それで、どうなりました？」

「歩きながら、話そう」

日本橋田所町から、芝源助町に戻るまでに猫目にはおおよそのことを話した。

「まったく楽なものさ」

「みな、高倉様が段取りをつけてくれるのですね」

「そうだ。拙者は、あしたからこの書状と五両をもって、回るだけでよいのだからな。もう、斬りつけられることもない」

「そんなことがあったのですか？」

「ああ」

猫目の問いに、詳しくは語らず十兵衛は暗い夜道を急ぐことにし、足の運びを速めた。

そして三日が経ち、十兵衛は大諸藩上屋敷に赴き、春日と面談をした。

「書付けにありました五名を、討ち取ってまいりました」

「首尾はうまくいったらしいな」

「左様で、おます」

上方弁を忘れているところだった十兵衛、冷や汗を掻く。

「拙者も捕まるのがいやですから、遺体は土中深くに埋めはりました」

春日の様子に、疑っている気配はない。それでも、十兵衛は駄目を押す。

「これをご覧くだはりませ。証《あかし》といえるかどうか、なんとも分かりませんが、拙者が討ち取ったさいに、それぞれの者たちが所持していたものです」

言って十兵衛は、座る脇に置いた風呂敷包みを開いた。中には、我楽多《がらくた》とも思える品が、五点ほど入っていた。みな、証としていただいてきたものである。

「これが、高倉健之助と言う人がもっていた根付《ねつけ》。そしてこれが、大川橋之助《おおかわはしのすけ》がもっていた印籠《いんろう》。そしてこれがでんな、中村錦太郎《なかむらきんたろう》の懐に入っていた、借用証文。中村錦太郎殿って書かれてありますでんがな。それとこれが……」

「もうよい、お手前の腕は分かっておる。実を申すと、部下にお手前の仕事ぶりを見てこいと申しつけておったのだ。その者は、見事な腕前だと感心をしておったぞ」

おそらく谷川が身の保全のために、嘘の報告をしたのだろうと、十兵衛はそのとき思った。

「それと、当方でたしかめたところ、たしかに五人はみな忽然と姿を消していたからな。それでは、これがあと五人の名と居所だ。そうだ、お手前を信じて残りの金を全部渡そう。七十五両ある。もっていけ」

二十五両ずつ束になった切り餅三個を見て、十兵衛の咽喉《のど》がゴクリと鳴った。

「おおきに」

などと言って、急いで懐にしまい込む。

「当方がつかんでいるのは、先の五人とこの五人である。この十名が決起して……まあ、それについてはそこもとに話すことではないな。それでは、あとの五人を早いところ始末をしてくれ」

「へえ。早いところ、必ず仕留めてまいりますでっせ」

春日から差し出された書付けまでも、十兵衛は懐にしまうと一礼をして立ち上がった。そして、大諸藩の上屋敷をあとにする。

十兵衛が門から出て、二町も歩いたところで猫目が追いついてきた。この日も尾行があるか、猫目を外で待たせておいたのであった。

「誰もつけてはおりませんぜ」

「だろうなあ。だったら、うまか膳に寄って塩辛い鮭ご膳でも食うか」

十兵衛が、ニコニコと笑いながら言った。

六

うまか膳の二階で、三個の切り餅を畳の上に置く。

五郎蔵、菜月、そして猫目が目を瞠《みは》ってそれを見ている。

「このうち二十五両を、五人に渡す。それで、五十両の儲けだ。どうだ、商売がうまいだろう。陰聞き屋ってのは、一度やったらやめられんな」

十兵衛の、威張ったもの言いであった。

「拙者がもっていたら無駄遣いするから、菜月がもっててくれ」

「あたしがですか？」

「ああ、そうだ。ところで、何か欲しいものがあったら、遠慮なく言っていいぞ」

無駄遣いと言っておきながら、豪勢を装う。

「あたし、秋ものの袷《あわせ》がほしいなあ。そうだ、小間物屋に欲しい簪《かんざし》があったわ。帯も古くなったし、草履《ぞうり》も底が薄く……」

さっそく菜月が要望を出す。

「もう、そのぐらいでいいだろ、菜月。五郎蔵は、何かないか？」

「別段、欲しいなんてものは。まあ、しいていえば、たまには吉原なんてところに行って、パァーっと……」

「まあ、いやらしい」

菜月が五郎蔵の言葉を、途中で止めた。

「猫目は、何が欲しい」

「五郎蔵さんの手料理でなく、うまいものを腹くちく食いたいですね」

「猫目は、欲がなくてよい。まあ、そんなんで全部しまっとけ」

「しまっとけですか？」

がっかりしたのは、菜月であった。

その後猫目は、五人のあと口の浪士の住処を探りにうまか膳から出ていく。

そして、夜になった。

先と同じようにして、用心のため猫目に外を見張らせていたが、大諸藩の手の者の姿はなかった。

「……信じきっているな」

それでも、道中何があるか分からない。しばらくは、猫目をうしろから追わせ、様子を見ることにした。

この夜は、元赤坂に住む鶴田浩二郎《つるたこうじろう》という浪士のところに向かう。

十町も歩いたところで、猫目が追いついてきた。

「誰も、尾けてはおりませんぜ」

「だろうな。それにしても、みんながまとまっていてくれたらいいのになあ」

あちらこちらに散らばる浪士を、みな訪ねなくてはならない。それが、手間といえば手間であった。

「仕方ないでしょ。五十両も儲かったのだから」

猫目のたしなめで、十兵衛の口も閉じる。

やがて元赤坂に着き、猫目が昼間調べてきた戸口の前に十兵衛は立つ。そして、障子越しに声をかけた。

「こんばんは……」

「どなたさんですか？」

妙に、鼻にかかった声が中から聞こえてきた。

「こちらのお宅は、鶴田浩二郎様の……」

「そうだが」

返事に間《ま》があったのは、警戒しているからか。

「こちらには、高倉様から……」

「あっ、大諸藩の刺客であるかな？」

「左様で、あります」

「だったら、戸は開いておるぞ」

端《はた》で聞いたら、妙な会話である。殺しに来た刺客を、すんなりと中に引き入れたのだ。

高倉に急襲されたことが脳裏に残っている。十兵衛は、敷居を跨ぐ一歩を用心した。障子戸を開けると、上がり框《かまち》に男がつっ立っている。とても、人を襲うという体勢ではなかった。

「高倉たちからおおよその話は聞いている。その者が来たら、五両もらって直《ただ》ちに姿を隠せとな」

「これが、高倉様からの書状であります」

「どれ……」

と言って、鶴田は封緘された書状を開いて読んだ。

目論見は露見している　刺客が放たれた
訪れた刺客から五両を受け取り　一刻も早く姿を隠せ
その刺客によって　とりあえずは殺されたことにすべし
高倉健之助

と書いてあるのを、鶴田は声を出さずに読んだ。

「なんと書かれておられますか？」

「まあ、こんなことだ」

隠すこともなかろうと、鶴田は十兵衛に書面を見せた。

「それにしても、われわれを殲滅《せんめつ》させるため、自分らは手を汚さず刺客を雇うとは、世の中、何から何まで真っ暗闇でございますなあ」

鶴田浩二郎が、つくづくとした口調で言った。

「まったくそのとおり。それでは、お約束の五両です。どうぞお納めください」

「受け取りは書かなくてもよいかな？」

「いいですよ、そんなもの。それでは、御免」

　これで、一人片がついた。こんなことなら、あしたからは昼間回ろうと、十兵衛は思った。

　それから二日をかけ、十兵衛は一覧にあった四人のところを回った。

　すべてを討ち果たしてきたと春日に告げに、三度大諸藩に赴《おもむ》く。

　御用の間で待たされ、十兵衛が手持ちぶさたにしているところに、上機嫌な顔をして春日が入ってきた。

「おお、ご苦労であった」

　いつもより一際高い声音で、労《ねぎら》われる。

「みなな、始末してくれたな。これで、元松島藩のはねっ返りは誰もいなくなった。本来残党はすべて隠滅したかったが、この危険分子だけでもいなくなって安心をした。それはそれとして、七月四日の件だが……」

「お殿様の警護のことですかいな？」

「左様。それが、日にちが一日ずれてな、五日となった」

「五日ですか」

　七月五日と聞いて、十兵衛の顔が曇りをもった。その日の夕、朧月南風と松竹屋のお春が見合いをする予定である。そこに仲立ちをする十兵衛がいないとまずいことになる。十兵衛は、そのことを思い出したのであった。

「四日は日が悪くてな、五日となった。五日は都合が悪いのか?」

「ええ、先客がありまして……」

「先客なんて、どうでもいいだろう」

春日の、勝手なもの言いに十兵衛は肚に憤りをもった。

「そちらも大事なお客様でありまして……」

十兵衛は、襲撃と見合いの刻限が重なることを懸念した。

「夜半までその用事はかかるのか?」

「いえ、宵の五ツには終わるものと……そうでんな、夜の帰りの警備でしたら充分に間に合うものと」

「その日は、夜五ツ半の戻りの道となろう。半刻もあれば、充分警備につくことができるであろう」

「そのとおりで……」

十兵衛も、心の中でほっとする。自分で警護して、自分で襲うのだからこれほど楽なことはない。

――一発で仕留めてやる。

誰の仕業か分からないように、仙石紀房の命を取ろうと目論《もくろ》んでいる。十兵衛は、そんな心内を見透かされることなく、大きく頭を下げた。

「それでは、あと数日後に迫ってるので、よしなに頼むぞ」

その後、落ち合う場所などを取り決め、十兵衛が立ち上がろうとしたときであった。

「御用人様、殿がお呼びでござりまする」

閉められた襖の向こうから、声が届いた。

「分かった、すぐに行く。それでは、よろしく頼んだぞ」

と言って、春日のほうから先に部屋を出ていく。

――御用人であったのか。

春日は、藩の諸々の政策をつかまつる上役であったのを、十兵衛は初めて知った。道理で、居丈高だったと十兵衛は得心する思いであった。

仙石紀房に呼ばれて、春日八衛門が拝謁をする。

「殿、お呼びだそうで」

「近こう寄れ」

ツツッと座りながら足を滑らせ、一間ほどの間合いを取った。

「はっ……」

「実はな、徳川尾張家が次男の守房を婿養子として迎えたいと言ってきてな、困ったことになった」

「別に、困ることではござらぬかと……」

「いや先日、松山宗則殿のところの篤姫を守房にどうだと言ったばかりであった。先方も乗り気でな、二挟みとなったのだ」

どちらを断ってもまずいことになる。しかし、どちらかを断らねばならない。

「殿。でしたら、徳川尾張家のほうでございましょう。何せ、御三家の姫ですぞ。外様の姫とは格が異なります。それと、松山家との縁談は幕府の許しを得られないと思われまする。そうだ、それを口実にすればよろしいですぞ、殿」

「そうか、その手でいくとするか。分かった、五日にでも囲碁が終わってから、酒宴の席で話をするとしよう」

気持ちが晴れたと、紀房は安堵の息を吐いた。

「松山様も、ご納得いただけるものと思われまする」

そして、陰暦七月五日の当日がくる。

七

日中は残暑が厳しく、誰もが薄着で歩いている。

十兵衛の形《なり》はいつもとはまったく異なる、普段着つけない黒紋付に袴を穿いた正装であった。

「こんなものを着てたのでは、暑くて堪らん」

菜月に着付けを手伝ってもらって、愚痴が吐《つ》いて出た。

「仕方ないでしょう、お仲立ちなんですから。いやなら引き受けなければよかったのです」

「これも陰聞き屋の仕事なのだから、仕方なかろう」

「でしたら、ぐずぐず言わないでください。今夜は、それよりも大事があるのですから、忘れないでくださいよ」

「菜月に言われなくたって、分かっておる。それよりも、みんなの手はずは分かっておるよな」

「はい、分かっております」

十兵衛たち、四人が考えた策というのは次のような手立てであった。

夜、五ツ半に佐原藩上屋敷を出た仙石紀房の一行を、陸奥岩田《むついわた》藩の上屋敷前で待ち伏せをする。

十名ほどの藩の警護がつき、十兵衛が様子をうかがいながらあとにつく。行列が岩田藩の前に差し掛かったところで、五郎蔵が菜月を手込めにしようと無理やり襲う。

「――いやな役だなあ」

と、五郎蔵が言ったが、四人で仕留めるにはこの方法しかないと、十兵衛は説得をする。『あれーっ、お助けください』と、菜月が叫びながら行列に近づく。

警護の一団は、みな菜月のほうに気が向いている。『何があったのだ?』と、必ず紀房は、駕籠の窓を開けるであろう。そのとき、猫目がすかさず青大将を駕籠の中に投げ入れる。『うわぁー』と、悲鳴を上げて紀房が駕籠から飛び出してくるはずだ。十兵衛は、そのときを待ち構えている。すでに、十兵衛の手には七寸ほどの長さの先が鋭利な針が握られている。十兵衛は、駕籠から出てきた紀房の、心の臓を目がけて針を刺す。瞬時に紀房は絶命するはずだ。

そして猫目は闇の中に姿を隠す。『何ごとかありましたか』と、白《しら》を切って十兵衛が駆けつける風を装う。そのとき、家臣の一人が紀房の異変に気づき叫び声を上げるであろう。『殿が、殿が……』と。十兵衛が、紀房の死因を診立てる。『これは、心の臓の発作ですな』と、真顔で言う。そのとき家臣が、駕籠の屋根にとぐろを巻く青大将に気づく。猫目が置いたものだ。『きっと、木の上から落ちてきたのでありましょう』と、十兵衛は大欅の枝を見つめて言う。紀房の死因は、蛇に驚き心の臓の発作を起こしたということで、片づけられるであろう。

　これが、十兵衛の描いた仙石紀房暗殺の手はずの図であった。

　準備を万端にして、十兵衛たちは今宵それぞれの立場につく。

　その日の夕七ツ半から、朧月南風と松竹屋のお春の見合いが、芝七軒町のちょっと小粋な小料理屋の二階で執りおこなわれることになった。

　十兵衛と南風が座り、対面に松竹屋の主八郎次郎左衛門と娘お春が並んで座る。四人の前には三の膳まで置かれ、料理の仕度も整っている。

「こちらが草双紙作家の朧月南風さん」

「朧月南風だす。よろしゅう……」

　十兵衛の引き合わせで、南風が深く頭を下げた。

「こちらが松竹屋の主八郎次郎左衛門殿と娘のお春さん……」

「松竹屋の主です」

「お春です」

父娘の顔が南風に向けて、小さく会釈を送る。

「ああいう、草双紙を書くというのは大変なんでしょうな」

珍しいものでも見るような目つきで、八郎次郎左衛門が南風を見やる。

「書くのはそうでもないのですが、それが売れるまでが大変ですねん」

「そうでございましょうなあ。まあ、ああいうものは一種の人気稼業でしょうからな」

「一度売れてしまえばよろしゅうおますけど、それまでがどうしてなかなか……。大坂では近松門左衛門《ちかまつもんざえもん》ってのが独り勝ちでしてな、わしはそれで江戸に来たのですけど、江戸で流行《はや》ってるのは子どものものばかりでっせ。よう売れんと、困ってます」

「でも、先生の『夢枕浮世絵巻』は面白かったですよ」

お春が、潤んだ目つきで南風を見る。

「おや、お春はんは、わしの本を読んでおますのか？　へえ、そいつはうれしいでんなあ。いや、とてもお若くておきれいだ」

「先生こそ、とても聞いているお齢には見えませんわ」

「面が悪いところは、何かで補わなくてはなりませんさかいな。気持ちだけでも、若くしているんでおます」

「いいえ、お面が悪いなんて。とてもかわいくて、それにご聡明であらせられますわ」

「さよかいな。女の人に、そんなこと言われたの初めてでんがな。これは、照れますなあ、十兵衛はん」

どうやら、南風とお春は気が合ったようだ。

「どうやら、いいご縁をご紹介いただきましたな。これは十兵衛さんに感謝せんといかん」

南風とお春の気が打ち解けて、そこに八郎次郎左衛門が乗った。

「南風さんと手前とじゃ、たいして齢が違わない。義父ではなく、兄弟みたいなものだ。さあ、まずは一献」

と言って、八郎次郎左衛門が南風に酌をする。

「十兵衛さんは、お春の恩人だ。さあ、一献……」

十兵衛にとって、今日は大事の日である。酒は慎むよう、心に決めていたのであった。

「いや、きょうはどうしても酒は呑めませんので……勘弁していただきたい」

「まあ、そう言わず。こんなめでたい日ですから、祝ってやってくださいな」

そこまで言われて拒むのも、仲立ち役としていかがなものか。との思いが、十兵衛の脳裏をよぎる。

「ならば、一杯だけ」

と言って、盃を差し出す。四人の盃に、酒が注がれたところで十兵衛が音頭を取る。

「このたびは、僭越ながら仲立ちを引き受けた十兵衛でござる。どうやら、この見合いは整ったご様子。おめでとうございまする。それでは、お二人の前途を祝しまして、乾杯」

乾杯、乾杯、乾杯とそれぞれが発して、ぐっと一気に酒を呷《あお》る。

「まあ、一献……」

と、酒のやり取りがつづくのを、十兵衛は指を咥えて見ているだけだ。

さすが酒問屋の主と娘である。そこにきて、南風も酒豪であった。あっという間に、三人だけで二升の酒が空く。

十兵衛は、三の膳をあらかた食し終わり、席を立とうと思った。

見合いがはじまり、そろそろ一刻が経とうとしている。外はすでに夜の帳《とばり》が下り、六ツ半ごろになろうとしていた。

うまか膳に戻って着替えをし、仙石紀房襲撃に備えなくてはならない。

「それでは、拙者はこのへんで……」

「何を言っておる。仲立ち役さまがおらんと、駄目です。それに、酒は一滴も呑んでない。まあ一献、つき合ってくだされ」

赤い顔して、八郎次郎左衛門が酒を勧める。ここで呑んだら、今までの苦労は水泡に帰す。

「いや、どうしても……」

拒んだところで、南風の攻撃となった。

「何を呑めんと言うてけつかるねん。ええーっ、われ」

今までにない、迫力のある上方弁が南風の口をついて出た。相当に、酔っぱらっていそうだというより、酒乱であるらしい。

「呑まんとおんどれ、どたまかち割ったるやないけー」

「ああ、頼もしいお方……」

南風の凄《すご》みの利いた上方弁に、お春がうっとりする。

「まあ、分かりましたから、一杯だけですよ」

この場を取り繕おうと、十兵衛は盃を差し出す。そして、南風から酌をされた酒を一気に呑み干した。

「おんどれ、いい呑みっぷりやないけー。どれ、もう一献」

一杯が二杯、二杯が三杯となって、十兵衛は三人から酒を注がれる。そして、ちょいと酔いが回ってきた。

嫌いなほうではない。こよなく酒を愛する十兵衛は、酔いの一線を越えた。

半刻は短い。

宵五ツを報せる、増上寺の鐘を聞いて十兵衛ははっと思った。

十兵衛が、誰にともなく訊いた。

「今、なんどきで？」

「五ツだから、なんだってのさ」

答が、酔っぱらったお春から返った。


そのころうまか膳では——。

「もう、五ツの鐘が鳴ってるわ。十兵衛さん遅いわねえ」

やきもきする、菜月の声であった。

遅くとも、五ツまでには帰るといってある。紋付袴から、いつもの黒衣装の姿に着替えなければならない。

三人は、用意万端である。

五郎蔵はいかにも助平そうな、無頼の徒に身形《みなり》を作っている。

菜月は、浴衣一枚で湯屋帰りといった姿か。好色漢たちには、絶好の餌食となりそうな恰好であった。

猫目は、青大将が入った頭陀袋をぶら下げている。

「まったく、十兵衛さん遅いな」

「もうそろそろ帰ってきませんと……」

十兵衛が戻ってきたのは、五ツの鐘が鳴ってから四半刻後であった。

「あら、酔っぱらっている」

菜月が、酒臭い息を吐く十兵衛に顔をしかめた。

「ああ、拙者だったらだいじょうぶだ。早く着替えて出ようではないか」

正装の紋付袴から、いつもの装束に着替える。たっつけ袴を穿いたところで、十兵衛は首を傾げた。

「何か、おかしいな」

「それって、後ろ前じゃないですか」

猫目に言われて気づく十兵衛であった。

「分かってるって……」

「針を忘れないようにしてくださいな」

仙石紀房の、心の臓を突く針である。

「忘れるものか。ここに仕込んである」

大刀の、柄《つか》の隙間に針が差してある。十兵衛はそれを抜くと、口に咥《くわ》えて一舐めする。そして、柄へと戻す。

四人の、襲撃の態勢は整った。

「さてと、行くか」

そろって、うまか膳をあとにする。

十兵衛が、佐原藩に着いたとき、ちょうど正門が開き仙石紀房の乗った駕籠が出てくるところであった。

「遅くなって、すんまへん」

警護役の沼田に、十兵衛は声をかけた。

「いや、間に合ったからもういい。ならば、うしろについて警護を頼むぞ」

かしこまりましたと言って、十兵衛は行列のうしろについた。

前後二人ずつ、四人の陸尺《ろくしゃく》によって担がれる大名駕籠を警護するのは、十兵衛を除いて八人であった。

佐原藩の上屋敷から、四町ほど来たところが岩田藩田辺《たなべ》左京太夫《さきょうだゆう》の上屋敷である。

やがて一行は、長屋塀がつづく道に差しかかる。

十兵衛の目に、大欅が見えてくる。五郎蔵と菜月は、その先あたりで待機している。

先頭が、大欅のところまで来たときであった。

「あれーっ、お助けをー」

悲鳴を上げて、菜月が通りに飛び出してきた。そして、行列の先頭に助けを求めた。

「いかがいたしたというのだ、娘？」

昼間の大名行列ならば、無礼討ちにされるところだ。だが、このたびはお忍びの行列である。しかも、菜月の恰好はなんとも艶《なまめ》かしい。

侍だって男である。警護役たちは一様に、任務を忘れてしばし菜月のほうに気が向いていた。

「あっ、あそこにみだらな男が……」

菜月の指差すほうに、五郎蔵が立っている。

手はずどおりである。

「いかがいたしたのだ？」

そのとき駕籠の窓を開け、紀房が顔を出した瞬間であった。猫目が袋から取り出しておいた青大将を、駕籠の中に投げ入れた。

「うわー」

悲鳴を上げて、紀房が駕籠から出てくる。

ここからが、十兵衛の役である。

「殿、いかがなされました？」

と言って、十兵衛が近づくと針の先を、紀房の心の臓をめがけて刺した。

「痛い」

十兵衛に、酔いが残っていた。それが、刺す場所に狂いを生じさせる。心の臓より、三寸下の脇腹を刺してしまった。

「いかん、しくじった」

もう、やり直しは利かぬ。その間に、猫目は青大将を駕籠の屋根に乗っけて、逃げ去っている。

「殿、いかがいたしました？」

十兵衛は、気持ちを切り替え言葉とは反対に刀を抜こうとした、そのときであった。

「その駕籠、待てー」

南のほうから、十人ほどの徒党が追ってくる。

それに気づいた家臣たちが、駕籠から出た紀房を取り囲む。これで、十兵衛は機を失った。

「すわ、佐原藩か。十兵衛殿、あやつらを頼む」

急ぎ、紀房を駕籠に乗せると、一行は一目散に逃げ去っていった。

仕方なく十兵衛は、追っ手の十人を相手にする。

「佐原藩のご家臣か？」

十兵衛は、何ゆえに佐原藩が紀房を襲うのかが分からない。だが、ここで紀房を討たせてはまずい。紀房は、自分たちが仕留めるのだと十兵衛は、追っ手の前に立ち塞がった。

「邪魔立ていたすか？」

「拙者は、警護の者。お相手いたす」

「ならば、この者から討ち取れい」

号令が、夜のしじまに鳴り渡る。片割れの月が、宵の道を照らす。相手は影となって、十兵衛の目に入った。

暗い中では、忍びの者のほうが有利である。十兵衛は抜きざま棟を返し、人影に向けて刀の棟を横に払った。グズッと胴を打つ手ごたえがあり、一人が道にうずくまるのが見えた。

返す棟でもう一人を打つ。腕を打ったらしい。ガシャリと刀が落ちる音がして、呻き声が聞こえる。

そのとき、十兵衛の背後から斬りかかった者がいた。

「十兵衛さん、危ない」

もの陰から様子を見ていた猫目が、斬りかかる侍めがけて、小石を放った。ガツンを頭に当たった音がして、十兵衛は振り向くと袈裟懸けに刀の棟を落とした。ガツッと、鎖骨の砕ける音がする。

十兵衛は、たちどころに五人を打ち据える。

「引け、ひけい」

「みな、斬ってはおらん。連れていって手当てをしてやるがよい」

無傷の者が、それぞれ一人ずつを抱きかかえ、佐原藩へと戻っていく。

うまか膳に戻って、十兵衛は土下座して詫びる。

「すまぬ、仕損じてしまった。酔って、手元が狂ってしまった」

苦しい、言い逃れであった。

「いや。このたびはまだ、その機会ではなかったということです。なあ、みんな」

五郎蔵が、十兵衛を慰める。菜月も猫目も、大きくうなずく。

「まだまだ、幾らでも機会がありますよ。そんな、簡単には討ち取れるはずがないでしょうから」

しょげるなと、十兵衛に向かって菜月が言う。

「あれだけ、追い詰めることができたのです。やり方は間違ってなかったでしょう。また、手立てを考えましょうよ」

「すまぬ、猫目まで」

「それにしても、なぜに佐原藩は仙石紀房を襲ったのでしょうな？」

五郎蔵が腕を組んで考える。

「いや、それはなんとも分からぬ」

一方的に婚姻を破棄され、それに怒った松山宗則の家臣たちが無念を晴らそうと、仙石紀房を襲ったのである。

そんなことなど、十兵衛たちは知らぬ。

「まあ、分からんことを考えていたってしょうがない。酒でも呑もうか」

「いいですねえ」

四人の意見がそろう。

かくして、このたびの襲撃は不首尾に終わった。それにはめげず、次の機会をうかがおうと、四人は盃をかわすのであった。